SABOREANDO

histórias

Editora Appris Ltda.
1.ª Edição - Copyright© 2024 da autora
Direitos de Edição Reservados à Editora Appris Ltda.

Catalogação na Fonte
Elaborado por: Dayanne Leal Souza
Bibliotecária CRB 9/2162

S729s 2024	Souza, Carla Maria de
	    Saboreando histórias / Carla Maria de Souza. – 1. ed. – Curitiba: Appris, 2024.
	        146 p. : il. ; 21 cm.
	
	    ISBN 978-65-250-6113-9
	
	    1. Histórias da vida humana. 2. Sabor. 3. Palavra. 4. Conversa. I. Souza, Carla Maria de. II. Título.
	
	                                                        CDD – 398.27

Appris
editora

Editora e Livraria Appris Ltda.
Av. Manoel Ribas, 2265 – Mercês
Curitiba/PR – CEP: 80810-002
Tel. (41) 3156 - 4731
www.editoraappris.com.br

Printed in Brazil
Impresso no Brasil

Carla Maria de Souza

SABOREANDO
histórias

Appris editora

Curitiba, PR
2024

FICHA TÉCNICA

EDITORIAL	Augusto Coelho
	Sara C. de Andrade Coelho
COMITÊ EDITORIAL	Ana El Achkar (UNIVERSO/RJ)
	Andréa Barbosa Gouveia (UFPR)
	Conrado Moreira Mendes (PUC-MG)
	Eliete Correia dos Santos (UEPB)
	Fabiano Santos (UERJ/IESP)
	Francinete Fernandes de Sousa (UEPB)
	Francisco Carlos Duarte (PUCPR)
	Francisco de Assis (Fiam-Faam, SP, Brasil)
	Jacques de Lima Ferreira (UP)
	Juliana Reichert Assunção Tonelli (UEL)
	Maria Aparecida Barbosa (USP)
	Maria Helena Zamora (PUC-Rio)
	Maria Margarida de Andrade (Umack)
	Marilda Aparecida Behrens (PUCPR)
	Marli Caetano
	Roque Ismael da Costa Güllich (UFFS)
	Toni Reis (UFPR)
	Valdomiro de Oliveira (UFPR)
	Valério Brusamolin (IFPR)
SUPERVISOR DA PRODUÇÃO	Renata Cristina Lopes Miccelli
PRODUÇÃO EDITORIAL	Sabrina Costa
REVISÃO	Simone Ceré
DIAGRAMAÇÃO	Renata Cristina Lopes Miccelli
CAPA	Carlos Pereira

A todos aqueles que acreditam no ser humano como uma obra ainda não acabada e que, por isso, pode melhorar quando as coisas simples e por isso mesmo tão complicadas de se obter passarem a ser prioridade.

Quando entendermos que o afeto, que não se expressa em palavras, pode aparecer num prato de sopa quente servido com atenção e preocupação, quando ficar claro para nós que o valor da conversa à mesa é inestimável e muito do que se aprende nesse espaço vale bem mais do que as conversas ao celular, quando soubermos o quanto a palavra, seja ela escrita ou falada, vale para nós e para o outro e que não temos o direito de privar ninguém do bom uso dela, estaremos mais próximos de sermos realmente humanos.

Este livro é dedicado a todos os que acreditam na palavra como mensageira da alegria, da compreensão, do respeito, das coisas boas que o homem é capaz de expressar falando de outro homem.

APRESENTAÇÃO

É impressionante como a vontade de escrever vai aumentando, conforme a gente escreve.

Quando criança, li um livro chamado *A BOLSA AMARELA*, da Lygia Bojunga Nunes. A personagem principal deste livro tinha grande vontade de ser escritora, mas, segundo ela, conforme ela vai tendo oportunidade de escrever, a vontade vai "emagrecendo".

Pensei que comigo fosse acontecer algo assim, só que o efeito foi ao contrário. Eu não sabia que tinha represadas em mim tantas ideias e agora elas estão saindo. Mas ninguém precisa se assustar. Ainda estou no controle delas. Apenas continuo com muita vontade de dividi-las com as pessoas, porque acho que elas podem trazer reflexões boas, importantes, trazer risadas, momentos de leveza, de esperança, de alerta para nosso comportamento com o outro...

Neste livro, em particular, além de tudo isso, temos momentos saborosos, porque boa parte das histórias é contada com pessoas à mesa para uma refeição, um encontro, um café e similares, sempre buscando dar ao alimento um papel maior do que o de nutrir corpos.

Busco mostrá-lo como algo que pode trazer a memória de bons momentos, mostrar afeto, revolver lembranças e até levantar a autoestima, quando alguém se descobre grande *chef*.

Você está convidado a saborear cada história, reconhecendo que os gostos são diferentes, mostrando seu paladar apurado, eclético, contudo reconhecendo que sempre temos nossos sabores preferidos.

Histórias como a de Angélica, do texto "Pilão", parecem um tanto indigestas, porém é bom que a conheçamos para não permitirmos que certos sabores amaríssimos se espalhem por aí.

Já histórias como a de "Futebol, decepção do povo" têm sabor do riso fácil, em episódios pitorescos que trazem à baila uma paixão nacional, utilizada como meio de exploração.

E há casos como o de Gustavo, em "O brinde, o prêmio, o afeto", com sabor de saudade, mas também de sentimento sincero, puro, sem nenhuma vergonha de ser feliz.

Sirvam-se à vontade!

PREFÁCIO

Foi com muita alegria que recebi o convite para sentar-me à mesa e apreciar a palavra-memória abrigada nas páginas do livro *Saboreando Histórias*. E logo nas primeiras linhas senti, no relato das conversas em família, o forte aroma das raízes da narradora, raízes pretas, raízes mulheres, que moldaram o seu caráter e a tornaram protagonista de sua história.

Em seguida, deparei-me com as texturas, as formas, os sabores que ora aprazem com um amor marinado em saudade e admiração, ora tiram do lugar, explicitando como o preconceito e o capacitismo se escondem cotidianamente sob a máscara do desvelo, de um bem-querer que aprisiona.

Entre invenções inconfessáveis e confissões reinventadas é que se faz literatura, e este livro traz um bocado dos dois. Mas não se trata de um aperitivo que se experimente numa única bocada, é um livro para se percorrer com calma, para se degustar, num misto de entretenimento e reflexão, preciosos temperos para o prazer de ler. Como toda boa leitura, esse diálogo com o texto nos proporciona um diálogo com nós mesmas, com nós mesmos, com nossas convicções, nossos hábitos, nossas próprias histórias.

A arte, como a vida, não passa incólume, precisa afetar e, muitas vezes, é o trincado em uma manteigueira de vidro que demonstra que ela esteve entre nós, que se fez lembrança, como bem nos conta a narradora. E tudo nesta leitura afeta, da acidez da crítica ao inegável capitalismo de Noel e sua trupe, à doçura de uma amizade que se constrói na diferença. Tudo servido à moda da casa, aproximando-nos do texto e de nossas próprias memórias.

Quando criança, aprendi que "A hora da refeição é uma hora sagrada", em que se agradece pelo pão de cada dia e pela partilha em comunhão com os presentes. Mas não é apenas o pão que se partilha à mesa, são as narrativas de agora, de outrora, de si e de outrem, porque as histórias também nutrem, fortalecem e ressignificam nossa existência.

Esta obra faz pensar o quanto perdemos com os costumes contemporâneos que nos atravessam com suas telas, distâncias e urgências. É preciso criar memórias para além das selfies, sabores e saberes alicerçados na palavra-ancestral que somos e que nos formou.

Marcia Gomes
Professora e escritora

SUMÁRIO

Experimentando sabores

Gosto muito de comer, de escrever, de ler.

Em minha casa, essas coisas sempre andaram meio juntas, pois, quando estávamos à mesa, falávamos do que estávamos lendo, estimulados principalmente por minha mãe e minha prima.

Acho que as histórias têm sabores e cheiros, assim como alguns acreditam que elas têm cores.

Por isso, escolhi algumas com toque autobiográfico e muita criatividade, outras só com criatividade, sem nenhuma relação com minha vida pessoal, para esta obra, que pretende trazer reflexões sobre coisas aparentemente simples, mas que estão muito presentes em nossas vidas e sobre as quais, penso, precisamos refletir com cuidado e atenção.

É sempre melhor, no entanto, refletir comendo, com boas companhias.

Portanto, escolha seus sabores preferidos, compartilhe estes momentos com pessoas com quem você gosta de comer e conversar e siga em frente.

Nem todas as histórias são saborosas, alguns personagens são indigestos, contudo também é preciso conhecê-los para saber como evitá-los. É assim que fazemos com os alimentos que nos fazem mal.

O livro está servido. Podem comê-lo e compartilhá-lo à vontade.

Mesa do café

Adoro comer, confesso. Mas acho que minha refeição preferida sempre foi o café da manhã, por me lembrar um espaço para contação de histórias da família.

Sempre tivemos mais o hábito do papo à mesa do café aos sábados e domingos, porque durante a semana não dava tempo mesmo. No jantar, conversávamos às vezes, mas no café era certo.

Acompanhadas de ovo frito, linguiça, sonho ou uma rabanada feita de improviso com o pão da véspera (nem precisava ser pão de rabanada), as histórias brotavam da boca dos meus pais e da minha prima que, então, morava com a gente. Às vezes, elas eram motivadas por algum episódio que trazíamos da escola ou da televisão, ou de alguma coisa que um tio havia falado e não conseguíamos entender.

Assim, eu conheci a trajetória da minha bisavó, Joana, que tinha ficado viúva ainda grávida da filha caçula. Negra, analfabeta, pobre, cheia de filhos, viúva. Em 1907, no interior do estado do Rio, uma situação dessas não dava muitas opções a uma mulher. Ela precisava aceitar as condições de escravidão a que era submetida... Carla, acorda! A escravidão já tinha acabado, lembra que você estudou isso na escola?

Até lembro. No entanto, lembro também o que estudei na mesa do café na minha casa. Que, infelizmente, ainda temos uma grande distância entre o que está escrito na lei e o que realmente vale, sobretudo quando se é negro, mulher, pobre etc. Por isso, insisto que ela aceitou as condições de escravidão a que era submetida, para poder criar os filhos, protagonizando a história da família, liderando o grupo, já que não havia mais um homem que fizesse isso. Em minha família, fosse pela viuvez ou pelo temperamento, muitas mulheres foram protagonistas dos destinos em geral. Cresci também ouvindo essas histórias. Talvez por isso ache tão difícil submeter-me a normas masculinas. Por isso não me casei. Tenho um temperamento mandão, reconheço.

A fartura de que falei em nossa mesa do café era guardada para os finais de semana, quando minha mãe fazia questão de preparar as coisas de que gostávamos, mas não servia tudo junto. Um dia ovo, no outro pão com linguiça e assim por diante. Sempre uma novidade para a gente ficar mais tempo à mesa. Recordo, ainda, os cuidados para evitarmos o desperdício.

— Nada de pegar o que não está com vontade, se não vai ter que comer — ela falava logo.

Minha mãe não admitia que pedíssemos para depois jogar fora. Ela nunca foi daquelas pessoas que obriga os filhos a comer, porém, nesses casos em que o famoso "olho grande" tinha dominado nossas atitudes, então ela forçava e não adiantava apelar.

— Eu falei para ficar só com aquele pedaço e disse que daria mais se você quisesse. Para que encher o prato desse jeito? Agora ninguém vai querer esse pedaço mexido e não vou jogar fora. Você vai comer. Tem noção de quanta gente passa fome? — ela falava, obrigando-nos a sentar e comer aquilo que não cabia mais na barriga e garantindo que nunca mais repetiríamos o gesto. Pelo menos comigo e com minha irmã funcionou. Cada uma de nós só viveu uma experiência dessas, mesmo porque, podem acreditar, ela não ficava só no discurso; se não pegássemos o alimento com as próprias mãos ou talheres para comer, vinha a pergunta clássica:

— Precisa que eu vá aí te dar? — isso era uma ameaça muito maior, creiam em mim...

Tenho, entretanto, as melhores recordações dos cafés da manhã de final de semana em minha casa, trazendo histórias que me formaram e me conduziram ao que sou ou tento ser hoje. Sabe aquela história do Gonzaguinha de "Toda pessoa sempre é as marcas das lições diárias de outras tantas pessoas"? Hoje, tenho noção do quanto isso é verdade.

Lamento muito as gerações mais jovens que pouco ou nada sabem sobre de onde vieram. Parece que elas não foram construídas por uma família, e sim pelos celulares, tablets, computadores, e me pergunto quanto de responsabilidade temos nisso.

Basta uma criança querer nos contar algo e dizemos: "Toma, filhinho. Pega o celular e vai brincar". E ainda falamos cheios de orgulho: "Ele sabe fazer coisas no meu celular que nem eu sabia que tinha".

É bom, não é? A criança não perturba, deixa a gente ficar no zapp à vontade, afinal estamos sempre muito ocupados, trabalhando ou não, e, por vezes, trabalhando fora do horário apenas para que o chefe reconheça nossa dedicação, o que normalmente não acontece. Ele até reconhece, mas não para nos premiar, e sim para nos dar mais trabalho.

Vejam só. Comecei no café da manhã da minha infância, passei pela bisavó Joana e acabei na exploração do trabalhador. Minha mente voa, viaja. Tudo isso, de fato, fez sempre parte das conversas em família: os ancestrais, as lutas que eles tiveram de enfrentar, seus sofrimentos, sofrimentos que proporcionaram aos outros (ninguém tem apenas histórias de honestidade para contar, mesmo que elas se refiram aos seres que mais amamos), suas vitórias e derrotas, o trabalho, as conjunturas políticas, o que meus pais pensavam delas, como julgavam que devíamos agir, a religião, a vida de relação, a importância do dinheiro, da instrução.

Tudo vinha junto. Aprendi com o que concordava, do que discordava, o que desejava imitar, o que não queria para mim dentro do que recebi na infância, afinal a vida é feita de escolhas. Aprendi ainda a observar os discursos alheios como meio de conhecer os indivíduos à minha volta. Perceber quando a fala não combina com as ações, esperar para ver em que momento virá uma ação que confirma uma fala feita lá atrás. Quantas vezes falamos e nossa fala, carregada de preconceito, egoísmo, rancor, não se coaduna com o comportamento que demonstramos? Todavia, em algum momento, uma crise, um aperto mostrará aquilo que nossa fala já indicava que éramos e tentamos envernizar para que nos considerassem melhores do que de fato somos.

Continuo adorando mesas de café da manhã. Sempre que posso, procuro fazer esta refeição na companhia de pessoas a quem amo, trocando experiências, reunindo histórias, revelando as minhas próprias. Acho rico. É o que levaremos conosco, mesmo quando a memória se apagar, pois nossas atitudes, o resultado de nosso trabalho refletirão tudo isso.

A palavra, a comunicação, habilidade unicamente humana, precisa ser valorizada por nós ao máximo, do contrário acabaremos nos tornando seres sem história, sem passado e, consequentemente, sem futuro, pois não saberemos quem somos e, desse modo, como saber quem queremos ser?

Torturas disfarçadas

O Estatuto da Criança e do Adolescente prevê uma série de situações em que crianças e jovens devem ser amparados, a fim de que vivam de forma mais justa, sem que lhes seja exigido algo que está acima de suas possibilidades. Ao contrário do que alguns querem pregar, penso que a questão com esta lei é muito mais um problema de interpretação e julgamento do que não se conhece do que um erro legal capaz de fazer com que a educação se perca. A lei é boa; nós é que não queremos ter trabalho com ela. Queremos continuar a ter direito de vida e morte sobre nossos filhos e, melhor ainda, sobre os filhos dos outros. Afinal, se a mãe trabalha na minha casa, o que tem de errado em ela sair para passear com meu cachorro e eu não vigiar o filho dela de cinco anos por alguns minutos, colocando-o no elevador para que ele desça sozinho, ainda que, provavelmente, seja proibido pelas normas do edifício que crianças circulem sozinhas no elevador? Ele é só o filho da empregada e não merece uma atenção similar à de meu cachorro. Ele é apenas o... como se chama mesmo? Ah, sim! Miguel. E o que tem isso? As favelas estão cheias de crianças. Esse estatuto é só para atrapalhar esse tipo de postura tão normal.

Esse tipo de pensamento norteou e ainda norteia a vida de muitas crianças mundo afora, sem que elas possam ser defendidas, e, se com leis as coisas já são complicadas, pior ainda sem elas.

Muitas vezes, quando tínhamos uva ou pêssego à mesa, minha mãe falava que nas casas dos patrões da minha avó essas frutas eram servidas, mas ela, minha mãe, não podia pedir à minha avó nem mesmo algum que estivesse machucado. Podia aceitar se lhe oferecessem, do contrário, nem sonhar em pegar. Essas frutas nunca eram oferecidas e isso só aumentava o desejo de comê-las para depois, só depois, descobrir que gostava mais de manga e abacate.

Esta restrição, no entanto, era muito mais suportável do que ser simplesmente desprezado como criança, como se estivesse incomodando, como fez a patroa da Mirtes, lá no Recife.

Deixando um pouco o aspecto sério para entrar em outro aspecto sério, porém de forma mais descontraída, volto ao Estatuto para falar sobre falhas que, creio, até agora ninguém percebeu.

Detectei algumas falhas sim no ECA e pretendo apresentá-las agora, para ver se o pessoal do Congresso produz algumas PECs que resolvam questões que considero de suma importância.

O problema começava, antigamente, nas famosas festas de primeiro aniversário, porém agravou-se hoje nos famosos "mesversários". São encontros cada vez mais pomposos, com painéis, bolos decorados, fotos, filmagens e uma infinidade de presentes que a criança nunca vai usar, mesmo porque ela cresce rápido nessa fase, e um evento sem hora para acabar com a casa cheia de gente e completa mudança em seus horários de comer e dormir. Certo. Não acho que o bebê tem que ficar recluso. É bom e saudável que ele conviva com pessoas, que seja visitado, todavia creio que estamos perdendo a noção e trazendo muito agito para crianças tão pequenas. Mesmo porque, na maioria dos casos, o "mesversário" tornou-se uma oportunidade a mais de os pais festejarem qualquer coisa e a criança é só um pretexto. O comércio agradece, as mães enlouquecem, a criança padece.

Eu sempre reparava que, nas festas de um ano, as crianças estavam enjoadas, ou com febre e chorando muito. Nessa fase, elas são quase bebês e não conseguem curtir muito bem o que está acontecendo. Imaginem no "mesversário". Adotei como norma não frequentar essas reuniões mensais como uma forma de protestar em favor da criança. Proponho que estas comemorações sejam pelo menos limitadas pelo ECA. Talvez se possa autorizar a realização apenas de quatro em quatro meses, como medida educativa para os pais e para que a lei não choque muito a alguém que suponha que o filho possa ficar traumatizado se seu "mesversário" não for comemorado. Alguém consegue imaginar um jovem de seus dezoito anos invadindo o congresso armado disparando tiros para todos os lados porque, justamente quando ele nasceu, foi votada uma emenda ao Estatuto da Criança e do Adolescente limitando a realização de "mesversários" a festas quadrimestrais? Duvido muito que isso aconteça. Mais fácil que aqueles deputados e senadores que votarem a favor de tal emenda recebam placas de agradecimento e consigam votos para muitos mandatos, pelo menos dos jovens eleitores. Não dá para dizer o mesmo dos comerciantes.

Nem dos pais que perderão valiosíssimas oportunidades de exibir pra todo mundo seu talento em montar decorações delicadas, seu bolso farto, ainda que para realização do evento tenham entrado fundo no cheque especial, seu amor aos filhos, mesmo que a preparação tenha custado momentos em que poderiam estar brincando, passeando com seus bebês, deixando em seus espíritos aquela marca de carinho que nada substitui.

Outro ponto que não sei como nunca chamou a atenção de ninguém diz respeito aos palhaços. Como é que uma lei tão séria e bem elaborada não proíbe que os pais coloquem crianças de menos de quatro anos para brincar com palhaços? Elas têm medo, pessoal, ficam apavoradas. Vocês nunca repararam na tortura que infligem a seus filhos e netos a cada vez que falam: "Vai brincar com o palhaço, filhinho" ou "Vamos tirar uma foto, você no colo do palhaço".

Gente, a criança chora, foge, esperneia, faz xixi na roupa, mas a mãe, avó, tia (o pior é que sou obrigada a reconhecer que geralmente é mulher quem faz isso) sempre insiste. Conheço pessoas que não se libertaram dessa lembrança horrorosa até depois de adultas, é sério. É claro que hoje elas tentam falar rindo, mas pra quê? Tivemos fotos tiradas com palhaços também, minha irmã e eu. Na dela, ela está com cara feia, meio chorando. Mal a foto terminou, o palhaço quis tentar qualquer gracinha e minha irmã que era até bem simpática, indo sempre com todo mundo, correu e ele não a pegou mais. Na minha, estou tranquila, sem sustos ou resistências. Vantagem de enxergar pouco. Eu não me assustava com a figura.

Mas, para a maioria das crianças, a tortura permanece, diária, implacável. Estende-se a Papai Noel no período de Natal, tornando-se uma saga interminável, porque o mais impressionante é que crianças que sofreram este tipo de tortura, ao se tornarem mães e pais, fazem o mesmo com seus filhos.

Nova proposta para o ECA: Estão proibidas as fotos de crianças de menos de três anos com palhaços ou Papais Noel. O crime torna-se hediondo, portanto sem direito à fiança, se a criança aparecer chorando na foto.

— Tira a foto sem chorar, senão não ganha sorvete — sempre tem alguém para falar.

É assim que, desde cedo, a criança aprende o que é chantagem. Tomar sorvete, escolher a calda, acrescentar outros ingredientes é algo tão mágico e maravilhoso que jamais deveria ser relacionado a um momento tão pavoroso como o dessas fotos.

O mais interessante é a falta de lógica dessa situação. Os pais rezam a ladainha do "Não fale com estranhos" uma vida inteira e, na primeira visão de um palhaço, que nunca viram na vida, querem obrigar a criança a sentar no colo dele, rir, fazer gracinha, responder com educação a tudo o que o palhaço pergunta... é difícil ser criança neste mundo. E que fique bem lembrado que, caracterizado como palhaço, o indivíduo não se mostra como realmente é.

Cuidado, papais desavisados! Criminosos podem aparecer em todos os lugares, mas não precisamos facilitar o lado deles, ok?

Agora, lançarei meu protesto sobre uma das coisas que mais me incomodavam quando eu era criança: a tortura do dia do aniversário. Tudo vai indo muito bem. Todo mundo quer te agradar, você ganha um monte de presentes e, sinceramente, não importa se é roupa ou brinquedo. A gente também quer ficar bonito com roupa nova, por isso, roupa é muito bem-vinda.

Vamos parar de tornar nossos filhos criaturas insuportavelmente exigentes. Depois, fica muito mais difícil para eles aceitarem a realidade de que só o fato de estar sendo presenteado já é muito bom. As vacas andam magérrimas.

Então, a festa corre bem, seus primos e amigos vieram, você está curtindo. Chega a hora do parabéns, que traz aquela relação de amor e ódio para toda criança. A homenagem é legal, mas depois de cantar parabéns, todo mundo vai embora e tudo o que você não quer é que a festa acabe. Mas você precisa conviver com aquilo, nenhuma diversão dura para sempre. Ok. No próximo ano tem mais.

No entanto, você havia se esquecido daquele momento ímpar que só a sua festa de aniversário traz pra você. "Para quem vai o primeiro pedaço?" É isso mesmo? Tenho que dizer na cara do meu pai que gosto mais da minha mãe, ou o contrário? Preciso correr o risco de entristecer as pessoas mais importantes da minha vida?

Convence a criança de que aquilo é uma brincadeira. Duvido.

Lembro-me de ter passado por essa tortura apenas uma vez, incentivada por uma tia e mais um monte de gente. No ano seguinte, me lembrei a tempo que a coisa iria rolar de novo. Eu via nos aniversários alheios e digo que já vi criança chorando por causa disso. Então, perguntei à minha mãe se era feio a gente dizer que não queria escolher para quem dar o primeiro pedaço. Ela me disse que não e disse para eu ficar tranquila que ela ia resolver.

Resolveu à moda dela, assumindo a faca e os destinos dos pedaços.

— Deixem de frescura. As crianças estão ansiosas. Toma, fulano, seu bolo. Deixem de brincadeira boba — ela passou a fazer, eliminando a brincadeira.

Certa vez, eu já devia ter uns dez anos, a brincadeira voltou. O aniversário foi junto com o da filha de um pessoal amigo que fazia no mesmo dia que eu. Então, cada uma de nós recebeu um pedaço do bolo para presentear alguém. Não tive dúvidas.

— O primeiro pedaço é meu. Se eu tenho um pouco do pai e um pouco da mãe, melhor do que escolher um deles é me escolher — falei indo sentar e comer meu bolo.

Fez-se silêncio por um tempo, mas depois o pessoal achou engraçado e a divisão do bolo continuou. Acabaram entendendo que eu não estava disposta a ceder nada, apesar da tortura. Permaneço, porém, combatendo a pergunta-castigo das crianças nas festas de aniversário, mesmo porque tá assim de adulto desajustado que chora quando a criança não o escolhe.

O estatuto precisa proibir esse tipo de acontecimento tenebroso.

As torturas vêm disfarçadas de bajulação às crianças, porém, na verdade, são mecanismos de satisfação dos próprios adultos com suas necessidades de fazer farol, sem preocupar-se com o real conforto da criança.

— Ninguém queria saber o que a gente pensava ou sentia, se estava entendendo aquilo que era pedido. Tinha que obedecer e pronto. Não vou repetir esse padrão com minhas filhas — falava minha mãe, enquanto saboreávamos creme de abacate.

Aprendi com ela a defender-me e a defender crianças menores dessas torturas.

Vamos nos lembrar de que nossas crianças são seres com suas vontades, suas necessidades, bem diferentes das nossas e respeitá-las, puxando por nossa memória, lembrando do que sentíamos quando éramos da idade deles.

Vamos mostrar limites, sim, porque elas gostam e precisam deles; no entanto, sem forçar a barra naquilo que for apenas fazê-las ter destaque, ter de aceitar brincadeiras que só são engraçadas para os adultos sem dar tanta importância ao que só valoriza o aparente, como, por exemplo, uma foto com Papai Noel, que afinal nem vai dar presente a elas (nós sabemos disso).

Cláusula Pétrea do Estatuto da Criança e do Adolescente deveria ser: é dever dos adultos mostrar à criança e ao adolescente a importância de amar, compartilhar, cooperar mais do que competir, pedir desculpas com sinceridade e brincar muito, confiando naqueles que os cercam.

A beleza da idade

Todo mundo que ia à minha casa, era muito bem recebido, pelo menos eu acho que era. Lanche bom, farto, mesmo que simples. Minha mãe cozinhava bem e gostava de receber as pessoas. Quando eu queria algo para levar para a escola ou para receber alguém, ela tinha prazer em fazer o melhor, como tinha prazer em fazer as coisas de que a gente gostava.

Às vezes, aparecia uma visita que não era tão comum e, então, vinham as novidades. Por onde viajou, como está a esposa/marido, os pais, como vão? Fotos, muitas fotos para mostrar o filho crescido, a filha já moça e, para nós, ainda crianças, sempre a pergunta clássica: já tem namorado?

Somos uma sociedade engraçada... perguntamos a meninas de cinco anos se elas já têm namorado, a crianças de oito se já sabem que profissão querem ter; mal a pessoa começa a namorar firme, queremos saber quando será o casamento; mal se casa, perguntamos pelo primeiro filho em um ritmo acelerado, como se fosse importante para nós ter sempre um fato acontecendo, poder contar coisas novas, principalmente sobre os outros, pois sobre nós evitamos falar.

Para complicar ainda mais, quando começamos a envelhecer, o que vai acontecer com todo mundo que não morrer antes, invertemos o processo: pintamos o cabelo para disfarçar os brancos, fazemos aplicação de substâncias que tiram as rugas, adiamos ao máximo o uso dos óculos para perto e as academias, que deveriam ser espaços onde garantimos uma melhor qualidade de vida, tornam-se locais onde se treina horas seguidas para ouvir alguém dizer: você não parece ter a idade que tem.

É sempre uma necessidade absurda de não parecer ter a idade que se tem, sem aproveitar a beleza de cada idade.

Uma criança de cinco anos nem sabe ainda se quer namorar menina, menino ou os dois, como vai ter namorado? Ela apenas brinca e tudo o que faz com essa informação é transformar os primos em cônjuges e as bonecas em filhos. Pelo menos era assim que deveria ser e, se não é, somos responsáveis por isso.

O "jogo simbólico" de Piaget é fundamental para o desenvolvimento da criatividade. Não é uma questão moralizante, e sim uma questão de reprimir a infância, sem permitir que ela brinque tudo o que ela pode.

"Mas e se ela desejar assim?", alguns perguntarão.

"Será que ela não é excessivamente estimulada a desejar isso?", pergunto eu.

É natural que a criança procure adultos como espelhos e, em suas brincadeiras, retrate o que vive em seu cotidiano, porém ela sabe que aquilo é uma brincadeira, um ensaio para a vida adulta, e não é necessário que ninguém fale com ela sobre outros aspectos que ela ainda não está pronta para entender.

Lembro-me de uma amiga cega contar que sua filha, quando pequena, brincava de andar na rua com um cabo de vassoura, batendo para um lado e para outro, como se fosse uma bengala. Em sua brincadeira, ela pegava o ônibus com a boneca no colo e até pedia ao motorista que a avisasse quando chegasse determinado ponto. Para ela, isso era o retrato de seu dia a dia, quando era transportada e cuidada pelos pais e pela tia, todos cegos. Ela sabia, no entanto, que ela enxergava e, fora do contexto da brincadeira, não precisava disso.

Portanto, pessoal, tenhamos calma: ninguém desejará ser cego só porque foi criado por pais cegos. É sempre bom lembrar.

Somos uma sociedade cheia de cobranças, inibindo, muitas vezes, a autenticidade, querendo informações sobre a intimidade alheia e não nos damos conta disso.

Quando perguntamos a um casal recém-casado quando virá o primeiro filho, sequer sabemos se eles pretendem ter filhos, se podem tê-los.

Vale lembrar que, principalmente para a mulher, isso ainda é um problema muito sério. Muitas de nós ainda se consideram diminuídas quando não podem engravidar ou amamentar, o que não deveria ser assim, pois é um problema físico como qualquer outro e que, graças a Deus, pode ser contornado.

Crescemos assim em meio a inúmeras cobranças e quando ficamos mais velhos, queremos disfarçar os sinais da idade, como se isso fosse garantir que não envelheceremos. Antes que alguém pergunte ou fale, eu pinto meu cabelo também, afinal, quando a gente escreve, também está falando para a gente.

Acho, no entanto, que não teria coragem de fazer cirurgia plástica no meu rosto. Dei risada na primeira vez em que fui chamada de tia por um funcionário adolescente de uma lanchonete. Dei-me conta de que já estava com quarenta anos e isso seria normal dali para frente. Hoje, acho o maior barato.

Imaginem se eu tivesse morrido aos trinta, por exemplo, não teria essa oportunidade.

Penso que, na verdade, muita gente teme a dependência que a velhice pode trazer, a falta de cuidado dos filhos e outros parentes e acredita que com esses recursos de aparência vai afastar esse risco.

Quem sabe se aprendermos a admirar a beleza de cada idade, o jovem neto não vai adorar estar com seus avós, cuidar deles, aprender com eles, lembrar de como foi cuidado por eles em outro tempo. Então, o medo da velhice diminuirá.

Quem sabe se mostrarmos à criança que tem tanta coisa a ser feita fora do videogame e que gostamos de conversar com ela, ao tornar-se adolescente, ela não continua gostando de estar conosco? Muitas vezes, dizemos que os adolescentes não querem nada com a gente, mas nós ensinamos a eles o caminho do distanciamento com os celulares, desde que eram pequenos.

Quem sabe se cobrarmos menos de nós mesmos e dos outros, poderemos apreciar o tempo, sem preconceito, curtindo cada fase com sabedoria, aproveitando o que cada época tem a nos mostrar?

Aprendi muito nas mesas de lanche da minha casa e das casas alheias porque gostava de ouvir as histórias dos mais velhos, e penso que, por eu ser quase cega, achavam que não fazia mal eu ouvir as histórias, que eu não teria capacidade de repeti-las. Eu me dividia entre as brincadeiras com as crianças da minha idade e a conversa dos adultos.

Hoje, acho que fiz bom negócio.

Entre rocamboles recheados com doce de leite, pastas de atum, refrescos de caju e groselha, registrei fatos, acontecimentos e expressões.

Quem sabe um bom lanche não é o caminho para ensinar a uma criança como ajudar o vovô que tem dificuldade de segurar a xícara? Quem sabe um almoço não é a chance de orientar alguém para aquela receita que ele precisa aprender para não ficar tão dependente? Quem sabe não é a oportunidade para dizermos ao nosso jovem em suas descobertas que o fato de ele estar namorando uma garota ou um garoto não é um problema, é apenas algo que sua família quer saber porque a vida dele importa para nós, tudo o que importa para ele importa para nós? Quem sabe?...

Feminismo à moda antiga

Conforme já comentei, as mulheres da minha família sempre tenderam para o protagonismo por várias razões e explanarei algumas delas em textos diferentes.

Desta vez, vou reportar-me à minha bisavó materna, ou antes uma delas, pois bisavó a gente tem sempre quatro, mesmo que não tenha notícia de alguma.

Dona Corina, mãe da minha avó Evangelina, nasceu, até onde sabemos, em 1885. Os pais eram livres, mas não tinham deixado a fazenda onde tinham servido como escravos e assim fizeram até poderem comprar um pequeno terreno, onde resolveram fixar residência, plantar e viver. Os irmãos de Corina só foram crescendo em número e ela, como filha mais velha, ou antes uma delas, cuidava dos irmãos menores, coisa bastante comum nas famílias antigas.

Penso que tínhamos um regime bem atrapalhado e migramos para outro tão atrapalhado quanto. Se houve tempo em que os irmãos mais velhos eram praticamente os pais dos irmãos mais novos, sem direito a estudar, namorar, brincar para cuidar dos irmãos, o que constitui uma falha, pois a responsabilidade com os filhos deve ser dos pais, migramos para uma fase em que cada um só cuida de si e nem precisa preocupar-se com o irmão, nem dividir nada com ele e os pais não devem mais promover o senso de fraternidade e companheirismo entre eles. Se os dois irmãos brigam pelo videogame, compra-se um para cada um, em vez de orientar o uso compartilhado. Por isso, entre outros fatores, o egoísmo cresce entre nós e, por mais que pareça maluquice, penso que por isso as crianças têm tanta dificuldade em fazer conta de dividir. Essa tarefa não faz parte do dia a dia delas, elas não veem isso acontecer concretamente. E precisam treinar esse gesto com mais frequência.

Voltando à vó Corina, ela, como muita gente na época, cresceu tendo que ajudar a cuidar dos irmãos, trabalhar na roça, cuidar de casa.

Casou-se cedo com seu Horácio Xavier, os dois analfabetos, continuando a vida difícil e dura dos pais.

Não sei dizer em que momento meu bisavô Horácio adquiriu o pequeno sítio onde passaram a viver. Sei que ele trabalhava de meia com um fazendeiro próximo, isto é, o fazendeiro dava as sementes de café e alguns insumos, os poucos que havia na época; ele plantava o café, colhia, torrava (acho que só moía o que consumia, o restante não).

Depois, o café era vendido e ele recebia uma parte do dinheiro (provavelmente a menor embora fizesse a maior parte do trabalho).

Minha bisa o ajudava bastante nisso e tinha crescido vendo a mãe, vó Joana, sendo humilhada pelo marido. Esta, a vó Joana, tinha que sair da cama e dormir no chão do quarto dos filhos, mesmo estando grávida, caso o marido resolvesse levar mulher para casa, porque ele queria a cama para ele e a amante, que nem era fixa.

Penso cá comigo que este tipo de humilhação, entre outras coisas, moldou a personalidade de vó Corina, que, embora carinhosa, doce, companheira, nunca permitiu que vô Horácio fosse desrespeitoso com ela.

Minha mãe contava que, quando ela era pequena, ficava muito com a avó nas férias. Isso era início da década de quarenta, no interior do estado do Rio. Então, vó Corina gostava de viajar para ver os irmãos que moravam em Barra Mansa, de ir à Aparecida do Norte, onde tinha amigas, gente que era dali, mas que tinha se mudado e com quem ela continuou a ter contato de alguma forma. Filhos já criados, vida organizada, apesar da simplicidade, ela arrumava as trouxas, pegava as netas que estavam sob sua responsabilidade (minha mãe e minhas tias) e partia.

— Então, sinhá Corina, quando a senhora volta? — perguntava vô Horácio querendo controlá-la.

Ela o fitava séria.

— Ainda nem fui. Como você quer saber quando eu volto? — ela falava naturalmente.

— E nós aqui? Como vamos comer e fazer? — ele insistia, referindo-se a ele mesmo e a meu tio Jorge, irmão mais velho de minha mãe que assumira o trabalho na roça com ele.

— Não estou levando panela, nem fogão, nem mantimento. Vocês podem se arranjar muito bem — ela respondia sem parecer preocupada.

E partia mesmo, sem aflição com "obrigações" que não cumprira. Nem tinha que se afligir. Passava fora o tempo que achasse conveniente e ninguém a proibia ou controlava.

Gostava de fazer visitas, dar presentes — não precisava ser nada caro. Um pote de geleia feita por ela, um doce, uma planta. Sua presença trazia alegria por onde passava.

Quando minha avó passou a ter uma casa à custa de muito trabalho, e minhas tias-avós casadas que viviam no Rio também puderam recebê-la, aqui também era um de seus destinos, sem temor da cidade grande, sem sustos ou preocupações.

Seguindo trilha semelhante, minha avó Evangelina, igualmente analfabeta, ficou viúva com cinco filhos pequenos. Minha mãe, a caçula, tinha apenas um mês quando meu avô José morreu. A solução era protagonizar a história, a não ser que ela se casasse novamente. Ela ficou com a primeira opção.

Inicialmente, teve de espalhar os filhos, deixando minha mãe com a madrinha dela, os filhos mais velhos com vô Horácio e vó Corina.

Trabalhou em casa de família a vida inteira e aprendia a fazer as receitas elegantes que as madames queriam de memória. Pedia a alguém que lesse a receita uma vez, registrava e não esquecia mais. Deslocava-se pela cidade pegando qualquer bonde, trem ou ônibus.

Quando as filhas ficaram moças, deixando o colégio interno e um de meus tios já trabalhava, conseguiram alugar uma casa e a família teve a oportunidade de viver toda unida como nunca havia vivido, embora se gostassem. As circunstâncias haviam obrigado todo mundo a separar-se por um bom tempo.

O colégio interno, em que pesem as muitas questões com relação a ele, foi a única solução que minha avó, viúva e tendo que trabalhar com folga apenas de quinze em quinze dias, sem poder dar uma casa às filhas, encontrou para dar a elas uma instrução decente. Penso sempre que a maneira como qualquer ser humano é tratado deve ser revestida de amor e respeito e isso não é diferente no que se refere aos internatos, porém pergunto-me se hoje em dia pessoas que trabalham em hospitais ou como cuidadoras, por exemplo, têm opções melhores para seus filhos. Creio que foi tirada uma possibilidade para colocar-se nenhuma outra no lugar, piorando o que já merecia reparos.

Minha mãe só tinha o antigo curso primário, pois, embora tivesse aprovação na admissão ao ginásio, não pôde cursá-lo. Ele era pago e as meninas das "vagas da caridade" não tinham acesso, a não ser que conseguissem pagar. No entanto, ela teve algo importante a seu favor: o gosto pela leitura. Lia tudo o que via pela frente. Ainda no colégio estudou datilografia, estenografia, fez curso de costura e bordado, saindo do estabelecimento pronta para o mundo do trabalho.

Trabalhou na antiga General Eletric, nas Lojas Americanas e em uma escola particular com funções de inspetora, só deixando de trabalhar quando se casou.

Minha avó conseguiu que os filhos tivessem o estudo possível, que trabalhassem, que sustentassem suas famílias, sem casar-se novamente.

— Tenho três filhas moças em casa. Não quero aborrecimento com homem aproveitador. Não vou ficar atendendo vontade de homem e esquecendo minhas filhas — ela alegava quando alguém perguntava por que ela não se casava novamente.

Detalhes importantes: com as filhas em casa, tendo de sair para trabalhar e, por vezes, voltando um pouco tarde, já que moravam longe do local de trabalho, minha avó deu um punhal a cada uma para que trouxessem no meio da roupa.

— Tem homem que quer ter desculpa para abusar de mulher, então, antes que pensem que vocês estão na rua de safadeza, vocês se protejam — ela explicava ao entregar o objeto.

Minha mãe contava que apenas uma vez, dentro do bonde, teve de mostrar o dela a um sujeito.

Outro detalhe interessante refere-se aos namoros de minha mãe e minhas tias. Quando elas iam sair com os namorados, minha avó sempre perguntava:

— Está levando sua bolsa com seu dinheiro?

— Estou com o fulano, mãe — alguém alegava.

— O fulano não é você. Depois dá uma briga qualquer e você tem que ficar ouvindo desaforo de fulano, aturando tudo dele porque depende dele para voltar pra casa. Leve sua bolsa com dinheiro, pelo menos para o bonde — insistia ela.

Essa recomendação valeu para minha mãe mais de uma vez. Por isso ela fazia questão de repeti-la para nós. Como aprendi tudo isso? Graças aos maravilhosos bolinhos de bacalhau que, de vez em quando, minha avó fazia, o que a obrigava a vir aqui para casa, passando tardes inteiras. Graças também às barquetes, salgados em forma de barco só que sem vela, feitos por minha mãe, recheados com maionese ou pasta de sardinha. Eu sentava na cozinha, ouvia as histórias, fazia um monte de perguntas e ainda era a primeira a provar os salgadinhos.

Em tempos tão complicados como os de hoje, sinto-me orgulhosa ao notar que ancestrais minhas já eram empoderadas, realmente empoderadas.

Não com empoderamento de fachada, quando a mulher tem discurso de empoderada e atitude submissa. Vejam bem que minha crítica não é ao fato de uma pessoa ser companheira da outra, mas de aceitar certas humilhações. Conheci uma que falava em empoderamento, fazia parte de grupos de estudo sobre questões de gênero e apanhava do namorado.

Chegou a fugir da casa dele e abrigar-se na casa de uma amiga. Um dia, o tipo foi à casa dessa amiga, os dois conversaram e ela resolveu voltar para ele sem jamais prestar queixa. Já recusou proposta de trabalho, apesar de ter até doutorado, porque teria que trabalhar com outros homens e ele vai ficar reclamando. Então, para evitar briga, ela não vai. (dispenso!)

Por falta de noção do que seja realmente empoderamento e confundi-lo com falta de companheirismo, passamos erradamente a classificar como "Amélias" as mulheres submissas, quando deveríamos classificá-las como "Emílias". A Amélia da música era companheira e não submissa. Ele diz: "Às vezes, passava fome a meu lado" e não "passava fome para que eu comesse".

Se um cara me diz, como o da música da Emília, que quer uma "mulher que saiba lavar e cozinhar e, de manhã cedo o acorde na hora de trabalhar", mando ele contratar uma empregada e não se casar.

Nossas atitudes diárias junto aos homens com os quais convivemos devem falar do respeito que exigimos, bem como nossas atitudes diante das outras mulheres. Conheço muita mulher que tem ódio de morte da amante ou ex-amante do marido, ou ex-marido, mas classifica os caras como santos, naturalmente enfeitiçados por alguma macumba feita por elas. Fala sério, gente!

Cheguei à conclusão de que não tem tipo de mulher mais burro no mundo do que amante. A partir do momento em que a mulher aceita esse papel, ela deveria entender que vai ficar nele para sempre. Se a titular morrer, o homem pode casar-se com outra, mas ela continuará amante, porque concordou com isso, porque ele acha que ela não tem feitio para cumprir as funções de esposa etc. Herança, então, nem pensar. Exemplos como o da minha bisa Corina ou da minha avó Evangelina passam por minha mente quando vejo certas situações ainda hoje existentes, quando a mulher se violenta, se sente culpada por não ser capaz de fazer determinadas coisas e humilha-se para segurar homem. Não que eu não goste de homem, o que, por sinal, não seria nenhum problema, apenas uma questão de tendência sexual (prefiro o termo *tendência* porque acho que ninguém escolhe ser homo ou hétero. Simplesmente se é), só que acho importante pesarmos as necessidades. Homem é a única coisa de que precisamos? (que feio! homem não é uma coisa.).

Também acho. Mas então, por que eles se coisificam agindo como seres que não são humanos? E por que as mulheres permitem isso, aceitando a seu lado caras que agem de maneira a coisificá-las também? Monique Medeiros, por que você viu no Jairinho uma aplicação financeira, esquecendo-se de que ele deveria ser um homem e agir como um ser humano com você e seu filho?

Malu, minha colega tão empoderada em seus discursos na universidade, por que você permite que o Léo a trate desse modo e ainda volta para ele?

Melissa, minha amiga, até quando você vai sustentar casa e filhos, fazer o serviço de casa quando chega e ainda dar um jeito de ir às reuniões da escola para que o Gilson possa estudar para os concursos, porque ele é inteligente demais para pegar trabalho pequeno?

Estamos confundindo amor com adoração, esquecendo-nos de amarmos a nós mesmas e nos darmos o devido valor. Como podemos desejar que os caras nos valorizem se o recado que damos a eles é: "Só tenho valor para atender às suas necessidades".

Escutemos, na prática, a mulher empoderada que grita dentro de nós que temos sentimento, que merecemos ser respeitadas pelo que somos e não desprezadas pelo que não somos; que temos, tanto quanto nosso companheiro, direito a nossos amigos, nosso trabalho, nossa fala, nossas falhas. Mostremos a eles que o fato de terem o dinheiro para o bonde não lhes dá nenhum poder, pois temos nossa bolsa e não vamos aturar desaforo. E não teremos medo de seguir sozinhas, se for o caso, ou antes, teremos sim, porém o enfrentaremos, de preferência sem punhal, mas se não tiver jeito...

Deixemos claro que não é não e, mesmo sem punhal, façamos passar vergonha o primeiro que quiser nos envergonhar. Esclareçamos, com todas as letras, como vó Corina, que se a mulher pode trabalhar na roça, lado a lado com seu companheiro, ele não precisa escravizá-la para ter o que comer.

Agir, exemplificar falará mais alto às próximas gerações do que apenas falar, colocando nas atitudes um perfil diferente do que se defende nas palavras.

Vai um chá?

Uma de minhas primas por parte de pai sempre morou com a gente e era a rainha dos chás. Junto com minha mãe, elas lançavam uma farmacologia ligada aos chás da qual ainda me utilizo e divulgo, embora não fôssemos refratários ao uso de medicamentos. Se o chá não fizesse o mínimo efeito, era logo trocado por uma consulta médica.

Mas também havia o chá do papo à noite, depois do jantar, hora em que não se tomava mais café. Neste caso, ele vinha apenas para aquecer, distrair, relaxar.

Chá preto, de hortelã, de erva-cidreira, erva-doce.

Chá com açúcar e limão passados na borda da xícara para ficar elegante. Com biscoito amanteigado que ela também fazia, ou comprado.

Lembro-me de que foi com um desses chás que fui introduzida no universo de Érico Veríssimo. Meu pai tinha uma coleção desse autor. Livros de capa dura, verde-musgo com letra dourada. Minha mãe e minha prima devoraram todos os livros e falavam deles como se falassem de pessoas reais. Eu ficava curiosa querendo saber quem era aquela Bibiana, aquele Capitão Rodrigo, quem seria o tal Vasco, tão rebelde e atrevido, mas, ao mesmo tempo, tão amado inclusive pela minha irmã, que, um pouco mais velha do que eu, conheceu esse universo antes de mim, a Fernanda tão forte e ao mesmo tempo maternal?

— Não são pessoas. São personagens. Quando você for maior, vai ler os livros e conhecer todo mundo — minha mãe e minha prima me diziam.

O pior era quando elas inventavam de apelidar alguém com os nomes dos personagens. Entrar no universo de Veríssimo, o pai, me fez ver por que as mulheres que viviam a lamentar-se pelos cantos eram invariavelmente apelidadas como "Dona Eudóxia", por exemplo.

Os chás também me introduziram em algumas histórias reais, mas daquelas que você não conta para grandes grupos, sempre acompanhadas da recomendação: "Você não ouviu nada, hein garota!"

Assim, eu descobri bem cedo por que alguma prima tinha tido bebê apenas seis meses depois de se casar ou por que um tio implicava com o melhor amigo do primo fulano, aquele primo sempre legal e divertido, mas que não gostava de paquerar meninas, ou ainda por que aquele filho do vizinho tinha momentos tão alegres, rindo até sem motivo, e outros em que parecia que nem via a gente.

Aqueles chás introduziram-me na parcela da vida que as pessoas gostam de esconder e que, tacitamente, se sabe, todo mundo sabe.

Isso foi bom, porque, junto com o conhecimento, vinha a recomendação para que depois eu soubesse quais seriam as minhas escolhas.

— Se você ficar grávida como a sua prima, isso não vai fazer de você uma pessoa pior, só mais burra. Pensa, garota. Você não quer fazer faculdade, ser professora, ter um bom emprego? Então não seja lerda.

Namorar não tem nada de errado, transar também não. Mas você tem que escolher bem com quem faz as coisas e como faz.

Quando o cara tem direito a todas as exigências e a mulher não pode exigir nada, já está começando errado. Cobra a "camisinha" e se previne, porque, se a gravidez vier, você vai ter que parar tudo para cuidar do neném. Você tem direito sobre o seu corpo, mas aí dentro terá um corpo que não é seu e sobre esse você não pode ter direito, por isso nem pense em abortar. Apoio você terá, mas a responsabilidade será sua — era o discurso da minha mãe sobre o tema. O pensamento dela e de meu pai era esse e na casa deles eu tinha de me amoldar a isso. Estudar primeiro, filhos depois.

Acabei não tendo filhos, depois de um tempo a vontade passou, não apareceu ninguém com quem eu pudesse dizer: com esse cara eu teria um filho. Eles, no entanto, nunca vetaram namoros, apenas jogaram aberto com as inúmeras possibilidades de um relacionamento inconsequente.

Aprendi ainda que as tendências sexuais de alguém não têm relação com seu caráter e não precisam influir no carinho ou amizade que tenhamos sobre a pessoa. Entendi as consequências de acharmos que somos fortes o bastante para deixarmos um vício na hora em que desejarmos, pois isso acaba não se tornando verdade e, então, estamos algemados a ele, complicando toda a família que sofre e se cansa de nós.

Assim, os chás também foram fundamentais na minha formação e fazem parte das minhas mais significativas memórias.

Creio que não damos muito valor ao ato de recordar. Nem mesmo nos esforçamos para isso. Durante muito tempo, a educação escolar empenhou-se no hábito de nos fazer memorizar coisas, o que não era o mesmo que aprender. Entendemos isso e passamos de um extremo a outro, condenando por completo o ato de decorar. Aprender é, sem dúvida, muito mais importante; no entanto, decorar pode ajudar a exercitar a memória e a memória é parte de nossa vida, tornando as coisas mais práticas e rápidas.

Queremos tirar o peso da memória e passamos a utilizar erradamente a tecnologia pra coisas que nossa mente poderia resolver, como fazer cálculos simples. Somar dois números e depois dividir por 2, fazendo uma média, por exemplo, é algo que deveria ser proibido de se fazer em máquina de calcular. Acionar a agenda do celular para ligar para sua própria casa ou para a casa de seus pais é outra coisa que não entendo.

São números que ligamos todos os dias e temos a obrigação de saber de cor e usar o teclado para exercitarmos nossa memória.

Somos tão sem sentido que nos achamos o máximo fazendo tudo isso e, quando chegarmos aos 70 anos, algum médico daqueles que cobram um absurdo pela consulta dirá aos nossos filhos: "Ela precisa trabalhar mais a memória. Tentar decorar números de telefone, buscar datas de aniversário sem olhar na agenda são bons exercícios". Ou seja, vamos pagar um profissional para nos mandar fazer o que deixamos de fazer por opção. Tá fácil de entender? Para mim, não está, confesso.

A memória é como os músculos do nosso corpo: precisa ser exercitada. E não adianta vir com aquela história de: "sempre fui ruim de decorar na escola, por isso não mando meus alunos decorarem nada". A questão é em que momento e situação você incentiva (eu não disse exige) seu aluno, ou filho, ou sobrinho a trabalhar com a memória dele e demonstra o quanto o uso dela é fundamental. Há outros recursos que não são a régua batida nos nós dos dedos para se estimular o uso da memória.

Cansei de ver alunos incapazes, ou antes despreparados para contar uma história sobre suas famílias, suas infâncias, a origem de seus pais e não era por falta de estrutura familiar, ou coisa que o valha, era porque não havia essas conversas que exercitam nossa memória, já que são histórias repetidas à exaustão até a gente gravar.

A criança busca isso. Já repararam que ela assiste várias vezes ao mesmo desenho, quer ouvir várias vezes a mesma história? O adulto é quem a priva disso. Para que ela aprimore sua memória, é preciso que aprimoremos nossa paciência e nossa capacidade de repetir.

Em que ocasiões faremos isso? Na mesa do restaurante, quando ela começar a achar chato ficar ali e nos dispusermos a um joguinho de forca ou adedanha, daqueles feitos com um bloquinho mesmo, só para passar o tempo. Ou, quem sabe, enquanto lavamos a louça do jantar e a criança estiver ali fazendo um monte de perguntas. Talvez à noite, na hora do chá...

"Detesto chá. Lembra remédio", dirão alguns. Tem certeza? Já experimentou todas as opções? Teste um novo e procure uma boa companhia para os papos. Quem sabe você vai descobrir um com sabor de convivência feliz e memória revigorada que vai ser bom?

Futebol, decepção do povo?

Não sou fã de futebol. Quando criança, gostava de assistir aos jogos da Copa do Mundo, mas hoje acho que era mais porque antes sempre falavam sobre alguma coisa da cultura do país. Agora presumem que todo mundo já conhece tudo, afinal as redes sociais estão aí para transformar o mundo em uma única esquina. Não tem mais aquele resuminho sobre "quem é quem" e as discussões estão cada vez mais monetárias e menos esportivas.

Entendo e aceito que o jogador ganhe para jogar, no entanto penso que perdemos a mão e o bom senso quando o assunto é enriquecer e mais quando o assunto é enriquecer com o futebol. O cara tem coragem de exibir mansões nababescas, carros cujo valor colocaria comida na mesa de trezentas famílias e acha que isso é normal. O mais triste é que essas trezentas famílias que não têm o que comer, ao verem tudo isso, também acham que isso é normal e se um dia o filho de uma delas tiver a chance e crescer no futebol, fará a mesma coisa, sem importar-se se outras trezentas famílias ficam sem comer.

Durante a pandemia, alguns funcionários de clubes de futebol foram demitidos, pois, sem jogos, os clubes alegavam não ter como pagá-los. Funcionários de salários baixos, contudo gente que, certamente, tem família para sustentar. Os jogadores de alto escalão, que deveriam ter reservas, entretanto, continuaram a receber e teve até clube fazendo campanha para a volta aos estádios, quando os índices de contaminação ainda estavam bem altos, alegando necessidade de recursos para pagar esses jogadores. Não vi os mesmos clubes fazerem nenhum tipo de campanha para apoiar seus funcionários mais humildes.

Por essas e outras, o futebol conta com a minha antitorcida.

Apesar de tudo isso, que não pode ser esquecido, em minha família, esse esporte é responsável pelas histórias mais pitorescas. Meu pai e meus tios assistem futebol, sobretudo quando o jogo é do Flamengo, com uma devoção, um silêncio mais solene do que seu comportamento nas missas. Isso se aplica também às minhas tias, que, apesar de viverem em tempos onde poucas mulheres prestavam atenção a isso, eram fãs e vinham ao Maracanã em dia de jogo, trazidas por meu tio Orestes, que tinha um caminhão. Em dias como os atuais, quando o maior estádio do mundo não tem mais lugar para "geraldinos" e "arquibaldos", como se referia Gonzaguinha aos frequentadores da geral e das arquibancadas, cenas como essa não se repetem. Ingressos caros, desemprego crescendo, poder de compra de quem trabalha caindo, famílias com muita gente ficam fora do futebol elitizado dos dias atuais.

Na época, solteiras, elas acompanhavam os irmãos (só assim poderiam vir) e caíam, contentes, no meio da torcida no maior estádio do mundo. Foi assim que os oito irmãos ainda solteiros à época vieram assistir à final da Copa de 50, pois duas das minhas tias já eram casadas e acho que essas nem ligavam para futebol. Saíram com cara de festa e voltaram com cara de velório.

Naquele tempo, era possível a uma família sem grandes recursos fazer uma forcinha e ir ao Maraca, mesmo em dia tão importante. Hoje, fazer isso em jogo de qualquer time poderá custar a renúncia de uma conta de luz, ou água, ou consumo de carne por uma semana. As decepções dos Souzas com o futebol não param por aí. Essa foi uma decepção nacional e só começou a ser superada após o sete a um de 2014. É por isso que dizem que nada como uma dor mais forte para superar outra dor.

Na Copa de 58, era claro que o jogo seria assistido, ou melhor, ouvido de casa. Graças a Deus, havia um bom rádio que poderia transmitir o jogo, fazendo com que se acompanhasse os lances da distante Suécia, levando-os à pacata Barra Mansa, no interior do estado do Rio.

Uma das minhas tias tinha preparado chouriço para que todo mundo se deliciasse na hora do jogo.

Primeiro jogo. Brasil e Áustria. Todo mundo em volta do rádio em silêncio de discurso de presidente. Crianças ameaçadas por um safanão se causassem tumulto e por isso lá no quintal para poderem brincar à vontade, mas ligadas para correrem e comemorarem se o gol viesse, também atentas ao chouriço para roubarem um pouco, mesmo não assistindo ao jogo. Gritos! Vivas! Abraços! Joga criança pra cima, alguém mais ajuizado protesta.

— Ele cai de mal jeito e se machuca. Deixa de maluquice!

Criança abandonada, o jogo continua.

Fim do jogo. Brasil três Áustria zero. Ee... meu tio, na euforia do momento, impossibilitado de jogar para cima uma criança, pois já tinha sido alertado, arranca o rádio da tomada e joga o próprio.

Resultado: o bichinho espatifado no chão, sem chance de ser restaurado, os irmãos quase socando ele e a impossibilidade de assistirem juntos aos demais jogos.

Cada um teve de buscar espaços alternativos para as próximas partidas. A casa da namorada, de um primo, de um amigo.

Às vezes, a coisa tomava características, digamos, transcendentais. Meu tio Chiquinho tinha discutido muito com um primo por causa da participação do Flamengo em um campeonato e acho que dormiu com aquilo na cabeça. No meio da noite, levantou-se e deu um chute com força na cômoda, fazendo com que ela se chocasse contra a parede e um pedaço da madeira se lascasse.

— Que é isso, Francisco?! — fez minha tia Cida, acordando espantada.

Só então ele acabou de acordar e entendeu o que estava acontecendo.

— Eu tava sonhando que estava assistindo ao jogo do Flamengo. Tinha saído um golaço — fez ele meio sem jeito, afinal o golaço tinha deixado uma bela dor no pé e um lascado na cômoda.

— Vai ver foi aquele chouriço que atrapalhou seu sono. Vocês têm essa mania de comer chouriço na hora do jogo e vem a agitação, isso não pode fazer bem — protestou tia Cida.

O tempo passou e os jogos da seleção e do Flamengo, time da preferência da maior parte da família, sucediam-se ano a ano. Era sempre uma gritaria na hora das vitórias e uma sucessão de palavrões nas derrotas. Duas coisas tenho que dizer em favor da minha família: os torcedores de outros times, fossem cunhados, namorados, vizinhos, eram sempre respeitados. Só tinham que aturar um pouco de gozação quando o Flamengo ganhava, porém nada que os deixasse zangados. E os flamenguistas, por sua vez, suportavam bravamente a zoeira nas situações inversas, às vezes, até colaboravam com ela.

Outra coisa era que, no caso de derrota, o sofrimento não durava muito. Após um festival de palavrões que tinham o condão de funcionarem como catarse, alguns socos na mesa e batidas de cabeça na parede, tudo cessava e a vida seguia normalmente, de preferência com cerveja e linguiça que começou a substituir o chouriço. Minha tias diziam que dava muito trabalho preparar o chouriço e o pessoal não gostava de comprá-lo pronto.

O curioso era que quando havia algum prejuízo real, fosse físico ou a algum bem doméstico como nas histórias que relatei, era sempre por êxito do time. Nas derrotas, o prejuízo era menor.

Uma história que tive a oportunidade de acompanhar pessoalmente e que, graças a Deus, não chegou a produzir prejuízos, embora tenha sido uma bela vitória, aconteceu em 81 na minha casa. Nesse tempo, minha irmã ainda não era fissurada em futebol, ou não teria feito o que fez.

Meu pai era, então, o tipo de pessoa que assiste futebol colocando a imagem da televisão e o som do rádio encostado no ouvido. Ele e muita gente já tinham entendido que a transmissão do rádio é mais dinâmica e detalhada. Não é à toa que os cegos preferem acompanhar tudo pelo rádio, veículo de comunicação feito para quem não está vendo. Nos momentos de jogo, meu pai fica em total silêncio e detesta ser interrompido ou assistir ao jogo com falantes.

Minha irmã arrumava-se para ir à reunião do grupo jovem da igreja e queria conferir a hora para encontrar-se com as amigas.

— Pai, que horas são? — ela perguntou, primeiro em tom normal sem obter resposta.

Pode haver um incêndio que meu pai nada escuta quando a bola está rolando.

— Paiê, que horas são? — ela insistiu.

É no que dá a preguiça. Por que a abençoada não foi buscar o próprio relógio ou olhar na parede da cozinha?

— Pai, ô pai, escuta né?! — insistiu ela já falando mais alto.

— Que é, menina chata? Já falei que não tem dinheiro extra. Sua mesada eu já dei — protestou ele. Afinal, os dois discutiam bastante por causa desse assunto.

— Eu só quero saber que horas são — fez ela invocada.

— Ah, tá quatro a zero. A gente não pode nem ver o jogo em paz — falou ele encerrando o assunto.

Depois disso, ela não teve outro remédio, senão fazer o que já deveria ter feito: foi buscar seu relógio e deu-se conta de que já estava atrasada. Saiu correndo.

Assim, o futebol sempre acabou por render, em minha família, algumas brigas e depois boas risadas, porque em episódios como o do rádio que se quebrou, primeiro a gente fica indignado por perder o único meio de acompanhar o esporte mais querido, mas depois acaba achando engraçado, aliás, na minha família tudo, ou quase tudo, vira piada, ou pretexto para comer. Nesse dia, o do quatro a zero, minha mãe chegou em casa decidida a fazer pipocas, o que eu adoro até hoje, e contei para ela a história. Rachamos o bico de rir.

Acho mesmo uma pena que, no contexto geral, esse esporte não possa ser encarado com a mesma leveza. Entendo que, para que os jogadores tenham condições de dedicar-se, precisam receber salário, ou terão de ter outra ocupação e isso fará com que a qualidade caia. Entendo, todavia, que isso vale para qualquer esporte e não vejo esse empenho todo com relação aos outros atletas.

Transformar o esporte em uma máquina de produzir dinheiro estragou o que ele tinha de melhor: a possibilidade de reunir pais e filhos, primos, amigos para se divertirem juntos. A ambição desmedida atingiu pessoas que não souberam lidar com a possibilidade do sucesso e do dinheiro e vimos, em alguns casos, isso transformar-se em cinzas como no caso do incêndio que atingiu o Ninho do Urubu em fevereiro de 2019.

Algumas questões chamam minha atenção nesse caso específico. Em primeiro lugar, a demora da diretoria do clube para assumir sua responsabilidade no caso. Atenção: eu não disse culpa; disse responsabilidade. Se o filho de um amigo está passando férias em minha casa e, acidentalmente, cai da bicicleta, acidente comum que não tem relação com falta de cuidado da minha parte, não sou culpada, mas sou responsável. Cabe a mim prestar os primeiros socorros e responder por tudo até que os pais estejam presentes.

Mais curioso do que isso, ou pelo menos tanto quanto, é o fato de ninguém ter se perguntado: "Como podem manter esses meninos longe da família, privados do contato com os seus durante toda a semana, estudando em escolas fora do espaço ocupado por seus irmãos e primos? Que absurdo!"

Eu explico: esse questionamento e outros similares a ele são sempre feitos, ou, por outra, eram quando se dizia que o Instituto Benjamin Constant tinha internato como opção para aqueles alunos cujas famílias residiam muito longe, impossibilitadas de levar os filhos diariamente à escola. Será que existe uma explicação para o fato de as crianças cegas não poderem ter a oportunidade de estudar em uma boa escola onde terão as melhores condições para seu desenvolvimento porque é monstruoso afastá-las dos pais, porém, ao mesmo tempo, não vemos problema algum no fato de crianças deixarem suas casas para estudarem e treinarem futebol igualmente longe de suas famílias? Por que o critério não é o mesmo? Por que os meninos da base dos clubes não merecem que se tenha a mesma preocupação com o fato de estarem afastados de seus parentes?

Isso envolveria questões monetárias?

Bem, acabei saindo da esfera do futebol, eu sei. A questão é que sempre que falamos nessa paixão nacional muitas outras questões acabam surgindo e a gente entende que, infelizmente, utilizam-se da nossa paixão, de algo que deveria proporcionar lazer e aproximação para produzir fortunas, enquanto aqueles que fazem a bola do lucro rodar podem não ter a alegria de ver um filho estudar, comer decentemente e, se esse filho for cego, pode vê-lo subempregado ou não empregado porque seus estudos insuficientes não lhe garantem uma base boa para sua colocação em um mercado cada vez mais competitivo.

Mesmo não sendo ardorosa fã do esporte, tenho saudades dos momentos alegres em que via meu pai, minha irmã, meus tios e primos passarem junto à televisão ou ao rádio, vibrando, e da bagunça depois do jogo, agora substituídos por discussões sobre valores de contratos, quem deve ir para que clube e por quanto.

Não penso que o dinheiro seja responsável por coisa alguma. Ele não é um ente pensante, portanto não pode responsabilizar--se por nada.

Nós somos responsáveis inclusive pelo poder que damos a ele, por vezes excessivo. Nós permitimos isso quando enchemos os estádios, talvez até com sacrifício de alguma coisa importante para nossa família, a fim de assistir a jogos que não têm mais a mesma qualidade. Nós somos responsáveis quando não nos recusamos a comprar camisas, adesivos e toda sorte de adereços referentes a clubes para todo mundo saber que somos fiéis torcedores, enquanto nos recusamos a comprar uma "quentinha" para alguém que está com fome e nos pede algo. Nós somos responsáveis por permitir o extermínio da nossa alegria com o esporte quando preferimos aceitar essas condições, dizendo: "Não adianta apenas eu não fazer se os outros fazem" — desculpa de quem quer justificar a concordância com a situação.

Vamos retomar o direito de nos divertirmos com o futebol e com muitas outras coisas, dizendo um não bem redondo para quem quiser extorquir nosso salário suado, acabando com arqui-bancadas e gerais.

Vamos deixar nossa feição animal de lado, querendo distância de pessoas — não sei se podem ser chamadas assim — que marcam briga usando o futebol como pretexto, ou que se desentendem por bobagem na porta dos estádios.

Vamos virar esse jogo.

— Vamos tomar um café?

Na minha família, essa frase sempre remeteu a coisas espe-ciais, talvez exatamente por serem simples, porém marcantes.

Quando eu era criança, na casa dos meus avós paternos, havia a máquina de moer café na qual todos os meus primos já haviam atuado. Era serviço de criança e jovem. O pessoal criado em fazenda de café preferia comprar o café em grãos e moer em casa. Quem não tinha onde moer pedia ao vizinho que o fizesse. O pessoal nem cobrava por isso. Todos os meus tios moíam café na máquina da minha avó e, às vezes, minha mãe também comprava café em grão e trazia já moído para casa. Aprendi, bem pequena, a mexer na máquina, como brincadeira mesmo.

O cheiro do café era especial, único. Minha avó não era lá muito dotada nas artes culinárias, mas sempre tinha uma tia que era e o café saía acompanhado de um bolo, uma rosca, uns biscoitos.

Uma das minhas tias servia as refeições no meio tarde e lembro-me de que o café da tarde era servido junto com a Ave-Maria do Júlio Lousada, transmitida pela Rádio Tupi.

Não éramos muito chegados ao café no copo, para não queimar a mão.

Normalmente na xícara ou na caneca, com leite para as crianças, ele já atiçava nossa fome e nosso desejo de participar das conversas desde quando estava sendo moído. E se tivesse alguém de fora, lá vinha história.

Na Semana Santa, tinha a turma que gostava de contar história de Lobisomem e Mula sem Cabeça. Perto das festas juninas, tinha um monte de histórias de gente que tentou pular a fogueira e queimou o pé ou outras partes mais sensíveis do corpo. Era muita conversa fiada. E, nesse caso, a gente podia perguntar. Eram conversas das quais a gente podia participar.

Lembro-me de que uma vez estávamos na casa do padrinho da minha mãe e ele contou a história de quando começou a trabalhar com onze anos.

Sua função era fazer pequenos mandados em uma loja e o patrão, certo dia, resolveu que ia divertir-se com ele.

— Avelino, leva este recado aqui na casa do seu fulano e espera a resposta — disse entregando ao então moleque um papel.

O garoto foi. Chegando lá, seu fulano leu o recado, deu uma risadinha e mandou que ele levasse o bilhete a outra loja mais à frente.

Obediente, o garoto foi. Na terceira casa, teve a sorte de encontrar uma senhora, Dona Margarida (dessa ele fez questão de lembrar o nome).

— Como você se chama, menino? — ela quis saber, olhando-o com cara de dó.

— Avelino a seu dispor, senhora.

— E não sabe ler?

— Não senhora.

— Pois seu patrão devia fazer você estudar em vez de ficar fazendo brincadeira de mau gosto com você. Aqui está escrito: "Passa esse burro para frente" — disse ela decidida. E fez outro bilhete para o patrão do menino. — Neste outro bilhete, estou marcando com seu patrão que você vai estudar comigo depois do expediente e ninguém mais vai passar você para trás, combinados?

O menino voltou disparado e meio zangado para a loja, mas não despejou sua raiva. Precisava do trabalho e apenas entregou o bilhete ao patrão.

Seguiu, porém, religiosamente as aulas de dona Margarida, aprendeu a ler e escrever, melhorou de vida, é claro, pois o conhecimento abre portas e nunca mais foi enrolado nem deixou que ninguém enrolasse seus filhos.

Valorizava muito a escola e dizia mesmo para todos nós o quanto o estudo era importante.

— Se alguém começar a dizer para vocês que estudar não faz diferença, desconfiem dele e não estou falando do estudo de ir à escola.

Estou falando de ler sobre as coisas, perguntar, ouvir a opinião de um e outro, pesar todas elas e pensar pela gente mesmo, porque todo mundo tem inteligência para pensar. A informação nunca pode vir de um lugar só.

Isso também aprendi com dona Margarida que me emprestava até livro — falava ele.

Fico pensando quanta falta faz, em um mundo envolto pelas "fake news", um vô Avelino (era assim que o chamávamos) para colocar a galera para pensar, discutir e fazer essas informações falsas desaparecerem, porque elas perduram.

Dizem que uma mentira repetida 99 vezes vira verdade. Digo que uma mentira repetida 99 vezes vira um senhor problema, total falta de responsabilidade.

Vamos tirar melhor proveito de nossos momentos junto às pessoas transmitindo a elas coisas que vão acrescentar, fazer com que cresçam e progridam. Vô Avelino nunca foi à escola, no entanto agarrou com unhas e dentes a oportunidade que teve de estudar e valorizava isso o tempo todo, tentando fazer com que entendêssemos o quanto isso era importante.

O patrão dele perdeu uma ótima oportunidade de fazer o bem a alguém enquanto estava se divertindo às custas de pessoas exploradas. É possível que se considerasse um comerciante cumpridor de seus deveres porque pagava seus impostos e ninguém tinha nada com o resto. Só que tinha sim. Seu empregado que já trabalhava tão jovem contrariando a lei (Ops! desculpem. O Estatuto da Criança e do Adolescente é de 1992. Não havia lei que os protegesse quando vô Avelino era criança), pelo menos tinha muito a ver com o que ele fazia, porque era vitimado por sua ação inconsequente e desrespeitosa.

Dona Margarida, gravada na memória grata de vô Avelino e agora nestas insignificantes linhas, fez o bem que podia e que lhe cabia fazer, interrompendo a corrente da brincadeira sem graça e semeando a instrução e o amor pelas letras em um coração explorado e ferido pela ignorância e pelo desrespeito alheio. Sua semente frutificou não só nele, mas também em todos que conheceram sua história, já que ele fazia questão de contá-la para que não permitíssemos que ela se repetisse com aqueles que estivessem à nossa volta.

Ler, ouvir, refletir, opinar sem parecermos papagaios, pesquisar.

Uma simples refeição regada a café, um lanche humilde na casa de gente pobre, mas que tinha o que comer e não estava abaixo da linha da pobreza, trouxe-me conceitos tão marcantes.

Nos dias atuais, não conseguimos mais ter refeições como essa, seja pela falta de recursos materiais para adquirir os produtos, seja porque ninguém mais encontra tempo para o outro. Reivindico todavia a volta do café da tarde oferecido àquele visitante sempre esperado. Café com "quitanda" como a gente chamava as iguarias feitas para acompanhá-lo, com conversa gostosa, com história na qual conhecíamos as dificuldades vividas por aqueles que vieram antes de nós e aprendíamos que o sofrimento tem de servir para evitar o sofrimento do próximo.

Mesada é igual a salário

— Pai, eu posso ganhar mesada? Minhas colegas recebem mesada e eu também queria ter — esse foi o discurso de minha irmã, certo dia, à mesa do café, quando tínhamos uma daquelas famosas conversas do café da manhã.

Eu devia ter cinco anos, era ciumenta e, como qualquer criança, desejosa de imitar a criança mais velha, principalmente se ela fosse alguém como minha irmã a quem boa parte dos parentes considerava a mais inteligente, a mais habilidosa, a que sabia mais de todas as matérias.

Dos dez irmãos, meu pai tinha sido o que atingira melhor posição social, maior nível de escolaridade e por isso tínhamos uma vida bem diferente da de meus primos. Das duas filhas de meu pai, também conhecidas como minha irmã e eu, ela era considerada, de maneira nem tão tácita assim, a que herdara embora com mais brilho, a inteligência, a capacidade de meu pai, a diferente, a que faria coisas que ninguém na família conseguiria fazer. As razões dessa escolha geral podem não ser exatamente compreensíveis, porém são explicáveis. Eu era o bibelô, a que não devia nem ter ido para a escola afinal... coitadinha! Podia cair, ser agredida pelos colegas, eu era quase cega.

Nunca ficava escondida ou era privada das brincadeiras com os primos, muito menos do carinho dos tios ou avós. Isso não. Mas daí a acreditarem que eu podia galgar altas conquistas, era demais.

Isso não era imaginado por minha família. Meus pais eram menos tensos neste aspecto, conhecendo melhor minhas habilidades e dialogando com professores que os orientavam. Não sei até que ponto eles esperavam que eu chegasse, mas investiam em que eu deveria estudar, ter uma profissão, ser o mais autônoma possível.

Minha irmã tinha então oito anos e eu quase seis.

— Se ela vai ter mesada, eu também quero. Mas... o que é mesada? — falei arrancando risadas gerais.

— Você vai ter que dar com a cabeça na mesa. Isso é que é mesada. Quer? — brincou meu pai, dando depois a explicação verdadeira.

Mas ficou estabelecido que ela teria mesada a partir do mês seguinte e eu só quando já soubesse pelo menos somar e subtrair.

— A mesada é igual a um salário de criança. Você só vai receber uma vez por mês. Se você não consegue controlar como gasta, não pode ter.

Sua irmã já está na terceira série, já é responsável — explicou ele.

O bom com meu pai é que ele explicava que, para ser justo, muitas vezes é preciso agir diferente. Não foi difícil para mim entender que ele não podia dar a mesma coisa a nós duas e que eu precisava estudar, passar de ano, dedicar-me intensamente com todas as minhas forças para alcançar a tão sonhada terceira série quando tivesse a idade da minha irmã, quando fosse grande para andar na bicicleta, para fazer aula de natação como ela.

O tempo passou e antes do que eu previa, ainda na segunda série, meu pai estabeleceu que eu já podia ter mesada. Hoje, tenho a impressão que, de todos, meu pai era o que mais confiava em minha capacidade.

Vejam bem, não digo que ele me amasse mais do que minha mãe, mas confiava na minha plena condição de compreender e realizar.

— Você já sabe fazer cálculo muito bem e já é até econômica. Guarda até moeda no cofrinho. Pode ter sua mesada — falou ele.

De fato, quando ganhávamos cofrinhos, fossem aqueles que a gente pegava mesmo no banco com os símbolos das muitas cadernetas de poupança que havia no meu tempo de criança, fossem aqueles porquinhos que a gente ganhava de lembrança de festa, eu sempre enchia o meu primeiro. Se ganhássemos moedas, elas eram divididas irmãmente, mas minha irmã era muito gastadeira. Adorava revistas em quadrinho e não queria deixar de comprar nenhuma. Enchia-se de doces na cantina da escola, não podia deixar de sair um fim de semana sequer e assim o dinheiro nunca sobrava.

A necessidade das aulas de apoio para quem tinha algum tipo de deficiência reteve-me na escola pública enquanto ela passou, depois de determinada série, a frequentar a escola particular. Assim, algumas diferenças acabaram por impor-se. Eu comia a merenda da escola, que por sinal adorava. Desejosa de diminuir ao máximo essas diferenças, como toda mãe, a minha queria encher-me com lanches caros: biscoito recheado, maçã, chocolate, coisas que a modesta cantina da escola pública não possuía e que meus colegas não tinham. Dispensei todas por várias razões:

- Adorava a merenda da escola. As merendeiras tinham mãos abençoadas e sentávamos felizes no refeitório para saborear nosso macarrão com salsicha, mingau de tapioca, angu com carne seca e outras delícias doces e salgadas.

- Minhas amigas, as de verdade, não tinham condição para ter lanches como aqueles e eu ficava constrangida em comer na frente delas. Recreio é espaço de convivência. Entendi muito cedo, não só pela escola pública, mas também pela convivência com primos de poder aquisitivo menor, que a gente abre mão, de boa, de certos luxos gastronômicos por uma boa brincadeira. Guardava os bombons "Sonho de Valsa", chocolates da Bering e outras finezas para casa ou para os ambientes onde elas estavam presentes para todos.

— As outras amigas, as interesseiras, só queriam passar o recreio comigo quando eu tinha coisas que lhes pudesse oferecer: biscoitos recheados, caramelo, bolo feito em casa... torta salgada (sempre foi minha preferência, pois era mais dos salgados do que dos doces). Do contrário, elas sumiam. Assim aprendia a selecionar mais com quem queria passar o recreio e não levando mais nada, afastava as indesejáveis.

Sentia-me bem naquele padrão mais simples e não me faziam falta os confortos da escola particular da minha irmã. Outras coisas me incomodavam bem mais, porém sobre elas falarei em outra ocasião.

Voltando à mesada, ela foi estabelecida com os mesmos critérios determinados à minha irmã, a saber:

- Estavam fora dos gastos da mesada as saídas em família. Elas eram responsabilidade de meus pais, exceção feita às revistinhas e figurinhas da banca.

- Estavam também excluídos os gastos relativos à escola: cartolina, papel almaço (alguém se lembra dele? usei muito), cola, lápis de cor etc.

- Além das figurinhas e revistinhas, eram gastos próprios da mesada: saídas com colegas e primos, idas ao cinema, lanches na Praça Sans Peña, incluindo os ambicionados lanches da Gerbot, adereços de cabelo e bijus.

- Conforme meu pai fazia questão de nos lembrar sempre, a mesada era para durar o mês todo, como um salário. Precisávamos aprender a abrir mão de uma coisa para ter outra.

— Você precisa decidir se é mais importante a ida ao cinema neste sábado ou a festa por colaboração na semana que vem. O dinheiro só dá para uma coisa e você só recebe outra mesada no próximo mês — ele falava para minha irmã e depois para mim, que, escolada nas conversas, ou melhor, verdadeiros embates entre ele e ela, já sabia o cuidado que tinha de ter para fazer minha mesada durar até o outro mês.

Fui aprendendo que não era impossível e passei a ter até dinheiro para emprestar à minha irmã. Ela pagava, não era caloteira. O problema é que então isso gerava novas brigas entre ela e meu pai, porque ela achava que isso não podia sair da mesada dela e ele entendia exatamente o contrário.

Assim como ocorre no mundo do trabalho remunerado, só que, neste caso, nem sempre de forma justa e realmente defensora de uma sociedade mais humana, também no caso da minha irmã acabava prevalecendo o "desejo" daquele que detinha o capital. Coloco desejo entre aspas porque, em verdade, o que ele queria era que aprendêssemos a lidar com o dinheiro de uma forma saudável para que não fôssemos engolidas pelas ambições que ele pode gerar no indivíduo.

— O dinheiro não é bom nem ruim, porque ele é uma coisa e não uma pessoa. Boas ou ruins são as pessoas que lidam com ele. Vocês não podem permitir que uma coisa mande em vocês. Vocês precisam fazer com que o dinheiro de vocês seja obediente a vocês. Assumam os erros como seus, e não do dinheiro. Ele não sai da carteira sozinho — meu pai falava sempre.

Certa vez, minha irmã e as colegas combinaram uma festa, mas então todo mundo tinha que rachar os gastos: bebida, comida, aluguel de som e, é claro, ela precisava de uma roupa para a festa. O guarda-roupa estava cheio, mas ela não tinha roupa. Isso era outra briga que vai ter que ficar para outra história. Fato é que ela pediu um dinheiro a meu pai.

— Rosane você sabe o que é um vale? Se você quiser o dinheiro que está pedindo, será como um vale. Ele será descontado da próxima mesada, você receberá menos. Tem certeza de que é isso que quer? — ele perguntou fazendo as contas com ela, explicando exatamente o que ia acontecer.

No desespero de causa, como acontece a todo mundo quando faz esse tipo de coisa, nem sempre por causa tão importante assim, ela aceitou as condições, crendo, no fundo, que ao fim ele não faria o desconto. Pobre alma iludida! Quando somos crianças ou adolescentes, acreditamos tudo saber e sabemos bem menos do que supomos. Então, é importante que os pais, por vezes, sejam firmes e até nos proporcionem algumas frustrações, a fim de que cresçamos e compreendamos que o mundo é mais feito de nãos do que de sins e que um sim pode já ter custado muitos nãos na vida de alguém.

Meu pai era bastante bom nisso, aliás isso era uma capacidade que tanto ele como minha mãe tinham. A festa aconteceu (sem roupa nova, é verdade. O dinheiro adiantado não daria para isso e minha mãe recusou-se a fazer essa vontade, alegando que ela já tinha roupa demais), mas ela se divertiu e teve muita fofoca para fazer com as amigas depois da festa, como qualquer pessoa da idade dela (na época, doze anos).

Então, virou o mês. Veio o momento da mesada seguinte.

— Pai, você me deu faltando dinheiro. Nosso combinado não é esse — ela chiou.

— Claro que é. Você se esqueceu do vale? — perguntou ele tranquilamente.

— Eu não acredito que você vai me cobrar aquilo — protestou ela quase chorando.

— Por que não? Temos um acordo. Combinado não é caro nem barato. É combinado. Você precisa começar a aprender que as regras estabelecidas são sua única proteção. Isso vai valer para o momento em que você estiver trabalhando — argumentava ele.

— Não estou trabalhando ainda — tentava ela em sua própria defesa.

— Sim, você tem sorte. Pode aprender a fazer escolhas mais fáceis.

Escolhas que não envolvem sua alimentação, sua escola, sua moradia... Um dia, você terá seu próprio salário e as escolhas serão bem mais pesadas.

Poderá acontecer de você ter de escolher entre a compra de um remédio e de um quilo de carne, por exemplo. Agora, estamos apenas treinando — insistia ele com a mesma calma. Meu pai nunca gritava, nunca batia.

Sabia exercer a autoridade sem alterar a voz e, na verdade, estava até achando engraçado o desespero da minha irmã, pois tinha vivido uma infância muito dura para achar aquilo tão preocupante.

Ela não teve remédio senão entender que aquele seria um mês de vacas magras e nunca mais pediu outro vale.

"Atenção! os metalúrgicos do ABC Paulista estão em greve. Entre outras coisas, eles reivindicam reajuste semestral de quarenta por cento nos vencimentos!", era a manchete do jornal da televisão, em 1979, quando a abertura começou e a greve deixou de ser crime. Momento peculiar para trabalhadores e para mim. Tempos de inflação galopante, como se dizia, e por isso um pedido de reajuste tão alto. Tempos do despontar de Lula, que já começava a ter seu papel marcante na trajetória de uma pré-adolescente como eu. Ele não fazia ideia do quanto marcaria minha história desde aquele momento.

Muitas vezes, vi manchetes como aquela na televisão e a expressão "reajuste semestral de quarenta por cento" era o que mais me marcava.

Meus pais nos incentivavam a ver jornais, ouvir as notícias do rádio e perguntar o que tudo aquilo queria dizer. Rosane conseguia ler o jornal impresso, mas eu não. As letras eram muito pequenas. No entanto, estava sempre atenta ao jornal da televisão e ao rádio e perguntava tudo o que queria saber.

— Pai, como é esse negócio de 10 por cento, 20 por cento que eu não entendo? — perguntei um dia, em mais um de nossos cafés, enquanto apreciava pão de batata, uma novidade que minha prima tinha descoberto.

Orgulhoso de ver a filha com a curiosidade despertada por algo que se referisse à Matemática, matéria que ele adorava e eu detestava, meu pai me explicou calmamente e, como sempre foi bom professor, entendi tudinho rápido, mesmo porque eu tinha meus próprios interesses e planos.

No final daquele ano, quando a professora chegou nesta parte da matéria, eu estava muito à frente de meus colegas. Mas é claro que não tinha sido para fazer este farol que eu tinha perguntado.

Não sou capaz de lembrar os valores exatos. Durante muito tempo, vivemos em um país onde os preços e as moedas eram confusos. Agora, são só os preços. Tomemos como base trezentos cruzeiros.

No início do mês de agosto — lembro claramente que era agosto porque estávamos voltando das férias —, quando meu pai veio entregar nossa mesada, falei:

— Não, a partir deste mês, você precisa me pagar 420 cruzeiros e não 300. Já faz seis meses que estou neste valor e se mesada é igual a salário, eu tenho direito ao meu reajuste semestral de quarenta por cento.

Minha irmã não entendeu nada, mas meu pai entendeu tudo e deu uma risada.

— Negrinha, você não é mole — falou divertido. Mas deu o reajuste e minha irmã, desligada da questão política na época, acabou surfando na minha onda.

Ninguém precisa ficar aborrecido com meu pai pelo tratamento que me deu. Ele, aliás, sempre tratou a gente assim, afinal não lhe falta imunidade étnica para isso.

Tornamo-nos ambas pessoas muito atentas em questões trabalhistas e de outros aspectos da política. A esquerda, assim como para nossos pais, sempre foi a melhor ou talvez a única opção. E aprendemos a nos reequilibrar bem dentro do sistema capitalista em que vivemos, não concordando com ele, ou cedendo de forma vil à sua política de juros de Papai Noel nazista, que parece dar um presente e no mês seguinte joga no campo de concentração para trabalhos forçados, de onde o indivíduo nunca

Sairá, pois não conseguirá pagar o último ceitil. Mas somos capazes de fazer escolhas conforme o estilo de vida porque optamos de maneira responsável, na certeza de que teremos de arcar com elas, trabalhando sempre para mantê-las, pensando no amanhã em que as contas do hoje chegarão e esperando que ele seja mais suave para aqueles que mal conseguem hoje, por mais que se esforcem, pagar suas contas, na maioria das vezes porque nunca tiveram mesmo outro meio de vida senão o mais opressivo e exploratório trabalho a que são submetidos por aqueles que se consideram donos de vidas alheias, mas, em alguns casos, temos de reconhecer, porque não tiveram pais como os nossos, que sempre souberam nos mostrar a medida do bom senso, a importância da previsibilidade, a necessidade de ser responsável pelas próprias escolhas.

Morar com quem?

A gente acredita que, como construiu uma vida em que decidiu os próprios caminhos, mesmo sendo cego, as pessoas vão, todas, entender claramente que isso é possível. Essa regra, no entanto, ao contrário do que diria Arnaldo César Coelho, não é clara.

Nada é claro quando a questão são preconceitos arraigados a tal ponto que não conseguimos mais percebê-los como tais e queremos disfarçá-los para nós mesmos, atribuindo-lhes nomes como: "cuidado, preocupação, carinho".

Vivo hoje apenas com meu pai, pois minha mãe faleceu há quatro anos. Tenho, por assim dizer, duas irmãs: uma de sangue e uma prima que viveu conosco desde antes de eu nascer, mas que tem sua casa independente já faz um tempão. Somos até bastante ligadas, porém cada uma tem seu espaço.

Muitas vezes, ouço a pergunta: "Quando seu pai morrer, você vai morar com quem?"

Soa estranho aos meus ouvidos porque essa pergunta que revela a convicção de que não posso morar sozinha não é feita apenas por pessoas que me conhecem há pouco tempo ou que não compartilham da minha intimidade doméstica. Ela é feita por parentes chegados, que sempre acompanharam meu desenvolvimento, que sabem que, quando viva e bem de saúde, minha mãe viajava com meu pai e eu ficava sozinha em casa.

Pessoas que acompanharam o processo da doença dela (um aceleração do processo de demência causada por quatro AVCs) sabem que fui eu quem assumiu todo o cuidado com a casa e com ela, acompanhando horários de remédios, dietas, visitas a médicos e responsabilizando-me pela casa.

Meu pai sempre gostou que uma mulher fizesse isso pois era péssimo com datas e prazos. Depois de alguns "arranca-rabos" entre ele e minha mãe, quando a luz era cortada, não por falta de dinheiro mas por esquecimento de pagar a conta, ele decidiu que os dois teriam conta conjunta, dando a ela toda a liberdade para movimentar o dinheiro, primeiro com cheques onde a assinatura dele não era necessária, depois com cartão. E por que tudo isso? Perguntavam-se até minhas tias, um tanto despeitadas por não gozarem da mesma autonomia com seus maridos.

Porque ele não queria ter de lembrar-se das datas e pagamentos, dos prazos, de nada. Era apenas para resolver um problema dele. É claro que ele sabia que ela tinha juízo suficiente para não fazer nenhuma bobagem.

Era organizada, nada consumista e preocupava-se com a casa, acima de tudo. Havia confiança, sem dúvida.

Assim, quando minha mãe não pôde mais responder por essas coisas, o que ele pôde colocar em débito automático foi colocado, o que não pôde, como a organização da casa, por exemplo, deixou para mim tacitamente.

Se ele não respondia por essas coisas antes, imagine agora que está muito mais velho. Ele está bem, tem bastante autonomia, mas preciso controlar a agenda dele para que não marque dois compromissos juntos e dou outras assessorias, nada espantoso se considerarmos que ele vai fazer 86. Na parte visual, inclusive, seu auxílio é pequeno pois, graças a um glaucoma mal cuidado por anos (meu pai sempre foi displicente com a própria saúde), sua perda visual foi grande e sou eu quem dá a ele as dicas sobre a melhor forma de usar o resíduo visual que tem e falo sempre sobre a necessidade de se reconhecer que pedir ajuda não é vergonha alguma. Quantas vezes ele já trouxe do mercado produtos trocados por não pedir ajuda para procurar o que buscava?

Quantas vezes, quando minha irmã vem à minha casa sou eu quem faz o café? Sempre, na verdade.

Com uma de minhas primas, rola um revezamento: eu faço o café da manhã, ela o da tarde.

Não sou nenhuma culinarista, mas isto não tem relação com a cegueira. Conheço muita gente que enxerga e sabe bem menos do assunto do que eu. Consigo me virar com o básico: uma salada, uma gelatina e identifico comida estragada a quilômetros.

No lanche da tarde, aprecio coisas bem tradicionais: angu doce, milho cozido, batata-doce, aipim cozido com manteiga e açúcar... aproveito esses momentos para pegar com minhas primas algumas dicas para me safar na cozinha e até na casa. A gente só aprende fazendo. Saboreando angu doce com canela, descobri como cozinhar batata no micro-ondas. Show!

Sem orgulho, reconhecendo o que não se sabe fazer, fica muito mais fácil de a gente aprender, portanto não vejo motivo para tanta aflição.

Mesmo sabendo disso, as pessoas perguntam com quem vou ficar. Se vou para a casa da minha irmã, se a minha prima vem para cá...

Galera, vamos assumir. O nome disso não é cuidado nem preocupação, é preconceito. Um preconceito com base no gostar e não na violência, mas uma ideia preconcebida de que o outro não conseguirá resolver-se sozinho, por mais que já se tenha dado provas disso. Aliás, se tem algo que o indivíduo cego precisa fazer o tempo todo é provar que é capaz das coisas.

Pior fica quando eu digo que não pretendo morar com ninguém. Gente, todo mundo pode precisar de alguma ajuda. Do favor de um vizinho, do porteiro, do zelador. Pode ser necessário que alguém que prive da minha intimidade, como minha prima ou minha irmã, venham ajudar-me a resolver alguma questão, contudo isso é esporádico e não diário. Quantas vezes meu pai foi à casa da minha irmã para quebrar galhos para ela? Quantos pais e mães fazem isso para seus filhos não deficientes?

Da hora em que acordamos até a hora em que vamos dormir, dependemos dos outros. Se o funcionário da companhia de águas, o zelador do seu prédio que liga a bomba, o patrão que te paga para que você possa pagar a conta de água não cumprirem suas tarefas a contento, você nem lava o rosto, pois não terá água.

Tenho um amigo cego que vive trocando lâmpadas e carrapetas nas casas das vizinhas, que confiam, com razão, na sua capacidade para isso, pois ele é realmente bom. Isto significa que — "oh, milagre dos milagres!" — o indivíduo cego pode também ser útil aos outros!

O mais interessante é que muito raramente vejo pessoas fazendo perguntas como: "Esse teclado *touch* da máquina de lavar ou do micro-ondas não dificulta a autonomia das pessoas cegas?", ou seja, pela falta de empatia, elas nunca acham ruim que algo seja feito prejudicando, piorando o anterior, pelo menos da posição dos cegos.

Elas preferem acreditar que a melhor forma de solucionar problemas como esse seja o cego morar com um vidente. Só que morar é coisa séria e todo mundo tem o direito de querer seu espaço.

As pessoas vibram quando alguém deixa a casa dos pais para morar sozinha. Ela conquistou seu espaço, amadureceu. As pessoas quase entram em parafuso quando um cego vai morar sozinho. Não será arriscado, perigoso mesmo? Quem vai ajudá-lo?

A conclusão a que chego é que o ser humano não está pronto para acreditar no que vê, embora atribua à visão poderes que ela não tem. É o caso de muita gente que sabe de tudo o que eu faço, mas não acredita que eu tenha capacidade para morar sozinha.

As pessoas não perguntam qual é a melhor forma de ajudar. Elas dizem: "Vou te ajudar", e saem metendo a mão no que você está fazendo, ou seja, atrapalhando. A razão é simples: quem enxerga sempre sabe mais.

Ainda temos um complicador: muitos cegos estão acreditando nisso também. Preferem deixar o espaço de sua profissão, sua casa, sua vida para ser decidido pelos videntes que o cercam naquela de não vou enfrentar minha mãe, meu pai, não vou magoar meu amigo porque ele gosta muito de mim, é muito cuidadoso. Amigo cego, admita para você mesmo. Você acha que quem enxerga terá sempre melhores condições para tudo, ou você, no fundo, ou talvez, bem no raso, acredita que o vidente tem obrigação de fazer tudo para você, como se, de alguma forma, ainda que inconsciente, você considerasse a sociedade culpada por sua falta de visão?

Mudar esse quadro exige empenho de nós, cegos, para mexer com valores que internalizamos a vida toda. Requer muita estrutura interna e externa. É uma mudança que precisa começar em nós. Louis Braille, José Álvares de Azevedo não tiveram tempo para esperar que os videntes fizessem as mudanças necessárias por eles. Também não podemos esperar.

Mais complicado do que isso, não dá para ficarmos aceitando que nos sejam retirados espaços que já conquistamos, afinal, saindo de suas cidades para vir estudar no Rio, ou São Paulo, ou Belo Horizonte, os indivíduos cegos acabaram, muitas vezes, tendo que morar sozinhos ao terminar a escola e isso só lhes deu autonomia.

Então, faço a pergunta: vamos morar com quem? com quem escolhermos ou com nosso *pet* ou, simplesmente, com nossa bengala e outros instrumentos que nos auxiliem, se assim decidirmos.

Pássaros raros

Início de abril de 2020. Pandemia caindo sobre nossas cabeças.

Empresas buscando um meio de trabalhar remotamente, ou de burlar o distanciamento social, ou, já naquela época, agindo como donos de bolas de cristal, já demitindo por conta de prejuízos, então supostos, afinal era melhor uma família de ex-empregados com fome do que patrões sem direito a *prosecco*. (acreditem, tem quem pense isso.)

Neste contexto mundial, ouvia diariamente, em vários horários, passarinhos que cantavam próximos à minha janela. Meu bairro sempre foi bem visitado por pequenos animais e os passarinhos sempre fizeram festa por aqui. Aliás, o Grajaú é reconhecido como um bairro que ainda tenta preservar o modo antigo de viver. Todos os comerciantes me conhecem, como conheciam a minha mãe e como conhecem uma porção de gente, mesmo que não saibam o nome. Sabem os produtos que mais compramos, quem é meu pai, quem foi minha mãe.

No meu caso, há um componente a mais que, nesta situação, ajuda: a cegueira. Pessoa cega sempre marca muito. Mas o pessoal antigo do bairro, seja cego ou não, é sempre conhecido dos prestadores de serviço locais.

E o pão francês do bairro é bem famoso; tanto assim que muita gente que já morou aqui, quando se muda, se deixou aqui pais ou avós, aproveita a oportunidade das visitas para passar na padaria e matar as saudades do pão crocante e maravilhoso.

Minha prima, que, normalmente, nem liga para pão, quando vem aqui, adora tomar café com nossa "Brigite", como costumamos chamar o pão francês no bairro, sem precisar de nada mais do que manteiga.

Eu observava com contentamento a aproximação de um número maior de aves, saguis e até insetos do tipo inofensivo como os louva-a-deus, que andavam meio escassos, e pensava que, se fôssemos mais conscientes, poderíamos aproveitar essa lição da pandemia e trabalhar para que os animais continuassem por aqui, mesmo com tudo funcionando normalmente.

Sabia que os bichos estavam aparecendo porque o movimento humano estava menor, menos máquinas trabalhando, menos obras, menos... ué?! O que era aquilo?!

De repente, um pássaro tão diferente... nunca tinha ouvido daquele tipo. Minha expertise em cantos de pássaros não é algo que se possa chamar de notável, mas não sou tão ruim assim. Aquele era novo. E parecia sempre bem igual...

Uma amiga me falou de um aplicativo que existe com cantos de pássaros registrados para que eu ouvisse e tentasse identificar. Não achei nada que fosse igual ao canto do meu pássaro misterioso.

— Olha ali na árvore. Vê se tem um passarinho diferente por ali — falei um dia para uma prima.

— Nada. Só tem bem-te-vi, tucano, canário e não é nenhum desses — ela falou depois de ter sua curiosidade atiçada também.

Gravei o canto e mandei para uma amiga que mandou para vários amigos, alguns nascidos em outras regiões do Brasil, portanto capazes de conhecer aves que a gente não conhecia. Ninguém identificava nada.

— Vai ver, com os incêndios que estão acontecendo, ele fugiu de algum lugar e veio voando até chegar aqui — comentou Carol, minha prima.

— E deve estar sem companheira porque parece que é um só. Temos que notificar o IBAMA— fiz eu, morrendo de pena, talvez já influenciada pelo desenho animado *Rio*, pensando que estava salvando alguma espécie em extinção.

— Isso. Eles vão descobrir e levá-lo para o lugar certo antes que alguém faça mal a ele. Deve ser por medo que fica sempre escondido, coitado! A gente não consegue ver — completou Carol apoiando.

Mas, antes que eu tomasse essa providência, Rosa, uma outra prima, veio à minha casa. Eram tempos de pandemia, a gente evitava as visitas, mas, naquele caso, foi necessário. Era início de agosto, Dia dos Pais e resolvemos abrir uma exceção para estarmos juntos. Grupo pequeno, menos de dez pessoas, todo mundo espalhado pela casa.

Só que não podia faltar a refeição, mesmo porque não sabíamos quantos dias dos pais ainda teríamos com o nosso pai (aquele tipo de coisa que todo mundo começou a pensar durante a pandemia e depois parece que todo mundo esqueceu).

Falamos sobre o passarinho que acreditávamos ter fugido de algum grande perigo. Uma espécie rara, que talvez nem fosse da região. Será que o IBAMA viria mesmo se chamássemos?

Veio o café da tarde e, é claro, a "Brigite" indefectível. As migalhas do pão fizeram alguém se lembrar de João e Maria e o assunto do pássaro retornou.

Rosa ouviu o canto.

— Deixa eu olhar lá da janela porque acho que vocês estão prestes a pagar um grande mico e olha que este também está em extinção — brincou ela, chegando na janela do quarto do meio.

Deu risada e chamou a Carol.

— Olha ali a espécie em extinção que vocês querem salvar.

E Carol viu na casa da vizinha que mora ao lado do prédio, presa em uma gaiola, uma enorme calopsita.

— Mas ela faz esse barulho? Pensei que ela falasse como os papagaios — disse Carol meio decepcionada.

— Ela imita o que lhe ensinarem. Isso é assobio de gente. Provavelmente, alguém lhe ensinou a fazer — falou Rosa com naturalidade, rachando de rir.

Rimos também, aliviadas por não termos ainda contatado o IBAMA, pois o mico seria oficial, neste caso.

Prestando atenção, comecei a reparar que diariamente alguém conversava com o bicho e assobiava fazendo com que ele imitasse. No começo, sem dar atenção ao que era dito, achei que a conversa fosse com uma criança. Só então percebi que era com a ave.

É bem verdade que ela também estava presa, também não estava nas condições ideais para um pássaro (sempre acho que lugar de passarinho é solto e não na gaiola), no entanto era forçoso reconhecer que não era nenhuma ave fugindo de um desastre ecológico.

Comecei a pensar, então, que, embora engraçado, o episódio trazia mais lições do que eu poderia imaginar:

O que sabíamos sobre nossa fauna se não éramos capazes de desconfiar de algo tão simples?

Que necessidades fazem com que um animal queira imitar um som humano? (ouvi falar que é medo de ser agredido pelo homem. Será?)

Se eu estava convicta de que havia um animal em perigo, por que demorei a chamar o órgão competente? Será que temia que eles levassem para longe meu pássaro de canto diferente e preferia que ele ficasse ali só e sem outros de sua espécie a ir embora e eu correr o risco de nunca mais ouvi-lo?

Aquilo foi um alerta para mim. Para que eu me olhasse melhor e percebesse até que ponto estaria disposta a abrir mão de um simples prazer pelo bem de outro ser, da mesma forma que o dono da calopsita não queria abrir mão dela, por gostar de ouvir suas imitações interessantes.

Assim, quem era eu para criticá-lo por ter um animal na gaiola?

Continuo ouvindo o som da calopsita, que agora ganhou um companheiro e uma gaiola maior (me contaram). Ela sempre me faz pensar, não só na forma como lidamos com os animais, muitas vezes cerceando sua liberdade, mas também como lidamos com amigos, filhos, pais, companheiros, alegando amor, dedicação, medo da perda.

Tratamos a algumas pessoas queridas como não deveríamos tratar bichos de estimação. Não seria hora de mudar?

Amores são como pássaros raros. Só faz sentido tê-los se eles estiverem livres, se puderem pertencer a si mesmos. Permitir que alcem voo quando se acharem prontos, que cantem como acharem melhor, que não dependam de nós para tudo é a melhor maneira de mantê-los conosco.

Vamos pensar nisso?

Isso é normal

Vivemos um tempo em que muitos valores são discutidos e discutíveis. Acho isso maravilhoso! Está mesmo na hora de repensarmos atitudes e entendermos que nem sempre o que achávamos que era normal de fato o é. Existe uma grande diferença entre normal e comum e nossos conceitos a esse respeito mudam de acordo com a sociedade em que vivemos.

Quando eu era criança, nosso Natal era, invariavelmente, na casa de meus avós paternos no interior do estado. Meu avô criava porcos e sempre matava um para que comêssemos o pernil. Algumas partes do porco eram vendidas, aumentando o orçamento.

Era comum que estivéssemos lá já no dia da morte do animal e acabávamos ouvindo a coisa toda, embora meu avô fosse até bem habilidoso, não permitindo que o animal sofresse muito. Um grito só e o golpe era certeiro. Não havia grande sofrimento.

Em nossas mentes infantis, no entanto, imaginávamos o porco, coitado, dando seu olhar de despedida à mulher e aos filhos, abandonando a vida, entendendo que tinha sido criado e engordado com o único objetivo de atender aos caprichos gastronômicos de seres humanos desalmados, entre eles meu próprio avô, por quem eu nutria grande admiração, aliás.

— Não vou conseguir comer carne de porco amanhã — eu dizia chorando.

— Filha, isso é normal. Eles nascem, crescem, morrem, a gente come, que nem um dia os vermes vão comer a gente também — explicava minha tia Nininha com a maior paciência.

Mas eu, cheia de empatia com os filhos do porco morto, pensava em como me sentiria se meu pai fosse morto. Não haveria Natal para mim. Nada teria graça.

Só que, então, passava-se mais um dia, outras coisas me distraíam, vinha a preparação do pernil — atividade, em geral, desenvolvida por minha mãe. Ele ia para o forno, bem temperado e o cheiro maravilhoso do assado espalhava-se junto com tantas outras coisas. Os primos chegavam, a festa começava. Gente que passávamos o ano inteiro sem ver aparecia nem que fosse só para dar um abraço, pois a família é grande.

Na hora da ceia, eu já estava esquecida da promessa feita. Toda a solidariedade aos leitõezinhos órfãos tinha desaparecido e em seu lugar surgira uma vontade enorme de mergulhar de boca no pernil devidamente destrinchado por meus dentes e degustado por minha língua mais apreciadora dos sabores salgados do que dos doces.

A culpa só retornava no Natal seguinte, seguindo o mesmo esquema, até que desapareceu de vez.

Fica para mim, entretanto, a informação de minha tia. Nós também seremos úteis a animais e plantas um dia e matar para comer não é crueldade, é a necessidade nossa ainda hoje.

Muitos não concordarão comigo. Certo, é um pensamento. Buscam-se formas cada vez melhores de substituir o sabor e as proteínas oferecidas pela carne, a fim de melhorar nossa vida física e espiritual, além de tornar nossa convivência com os animais algo mais fraterno, à la Francisco de Assis.

Super de acordo, mas acho que ainda não cheguei lá. Continuo gostando de comer carne, embora já não seja daquelas pessoas que chegam em um churrasco e dizem que não querem guarnição, só carne. Ao contrário. Como muito mais o arroz, a salada, a farofa, o molho (adoro).

Todo esse introito não foi para defender ideias vegetarianas ou veganas, mas para falar de nossa necessidade de mudar quando percebemos que nossas ideias, que nosso modo de pensar não é mais compatível com a vida que buscamos. Dizemos que o mundo sem violência é o melhor espaço possível, é o melhor dos mundos. No momento em que estamos na fila do supermercado, porém, parece que tudo isso desaparece de nossa mente. Se o senhor que está na nossa frente demora um pouco porque tem dificuldade em digitar, porque não enxerga bem o valor da nota, porque momentaneamente esqueceu a senha, nossa irritação sobe ao topo. Esquecemo-nos de nosso pai idoso que faz a mesma coisa, de que nós mesmos já necessitamos e ainda haveremos de necessitar muito da ajuda de terceiros, de que este senhor um dia foi jovem quando éramos crianças e, por certo, tem um filho a quem, com a maior paciência, ensinou com destreza uma série de coisas como nosso pai fez conosco.

"E se estivermos atrasados, com pressa?", alguns dirão. As perguntas a fazer são: sua irritação, sua reclamação com o pobre senhor vão fazer com que ele ande mais rápido ou vão deixá-lo mais nervoso, atrasando ainda mais o processo? O que está motivando sua pressa é um atraso real ou apenas o seu desejo de sair rápido do mercado? Caso seja um compromisso com hora marcada, existe a possibilidade de você contactar a pessoa que o aguarda e informar que vai atrasar-se um pouco? E a pergunta mais importante de todas: você poderia ter evitado esse estresse caso tivesse organizado sua compra para outro horário mais tranquilo ou, quem sabe, poderia ter marcado seu compromisso com maior largueza de horário? É bastante comum acreditarmos que, à nossa chegada, todas as filas devem desaparecer, os sinais de trânsito devem se abrir, esquecidos de que vivemos em um espaço cheio de pessoas com necessidades como nós.

Queremos o mundo sem violência, no entanto não somos capazes de oferecer esse mundo a ninguém e achamos que isso é normal. É normal comer carne? Sim, é normal, contudo também pode ser normal não querê-la, planejar uma vida com o mínimo de exploração animal possível, por que não?

É normal ter pressa, sobretudo quando se vive em um grande centro urbano? Claro que é normal. O que talvez exceda à normalidade seja o fato de nunca nos organizarmos para momentos mais tranquilos, com menos irritação, e vivermos como se todo mundo devesse atender às nossas necessidades, sem avaliarmos o que é de fato prioridade e o que é uma prioridade apenas nossa, como, por exemplo, ter pressa de voltar para casa porque preciso servir o almoço antes do início da novela da tarde, que não deixo de assistir.

Caetano Veloso já disse em uma canção que "de perto, ninguém é normal". Ele pode ter razão. Criamos conceitos, preconceitos, padrões de normalidade e decidimos que normal é só o que se encaixa nesses padrões.

De hábito nos esquecemos de organizar nosso padrão de normalidade respeitando a vida em coletividade e fazemos uma grande confusão até entre conceitos básicos.

Grupos ligados ao movimento da escola inclusiva utilizaram durante muito tempo o slogan "Ser diferente é normal". A ideia era de respeito à diferença, incentivando a inclusão nas escolas convencionais de alunos com deficiência. Show de bola.

Só que, se ser diferente é normal, por que alguém não pode ser diferente desejando estudar em um espaço em que encontre maior identidade? Por que o uso de termos como "escola regular" e "escola segregada" para referir-se, respectivamente, às escolas "convencional" e "especializada"?

Ninguém precisa tentar me convencer de que até quando a gente afasta um doente usa o termo "segregar" e de que isso é normal. Não é. Todos sabemos disso. A questão é que as palavras têm força. Isso é pura campanha publicitária para introduzir em nós as ideias desejadas. Um paciente segregado fica totalmente isolado, sem contato com outras pessoas, o que não acontece com alunos em uma escola especializada, ainda que seja um aluno interno. Se uma escola é regular, a outra é irregular?

Em nossa sociedade, o grau de normalidade está, geralmente, relacionado ao poder que certos grupos têm. Quando começou a tomar corpo, o movimento negro conseguiu, com justiça, a discussão de termos como: "mulato", "cabelo ruim" etc. Então, eles deixaram de ser "normais" (graças a Deus).

É bastante comum, se bem que, a meu ver, não é normal, que aceitemos certas modificações no falar, nos hábitos sem que elas tenham partido de um anseio de algum grupo e que, ao torná-las normais, critiquemos aqueles que não se adaptam ou, simplesmente, não desejam essas mudanças, esquecidos do respeito à diferença, impondo ditaduras de comportamento depois de tanta luta pela liberdade.

Vegetarianos torcem o nariz para quem come carne como se o fato de não ingeri-la fizesse deles seres superiores aos outros (por sorte conheço muitos que não são assim).

Existem entre as pessoas com deficiência aquelas que se consideram mais instruídas, mais preparadas por terem estudado em escolas convencionais (não concordo com o termo "regulares" e sigo a denominação da Organização Nacional dos Cegos de Espanha — Once). Será mesmo que se pode afirmar isso? Fui aluna da escola convencional por toda a minha vida e digo com convicção que perdi não tendo sido aluna de uma escola como o Instituto Benjamin Constant, sobretudo porque na época em que eu lá estaria o ensino e as experiências de vida acrescentariam muito a mim.

Que fique claro: esta é a minha percepção sobre mim mesma e não precisa ser a realidade de todos os cegos.

Tem quem ache normal arrumar confusão na rua por causa de fila de supermercado, troca de mercadoria, confusão de preço. Confundimos reivindicação de direitos com tumulto e pancadaria, e, pior, acreditamos mesmo que conseguimos algum resultado com isso.

Brigamos por leis trabalhistas mais justas (para nós), contudo não damos ao funcionário de uma loja o direito de cometer um erro, humilhando-o como se ele, ser abjeto, não pudesse macular nossa existência com sua passagem pelo mundo repleta de falhas. Achamos que isso é normal, é reivindicar, é impor-se como consumidor...

A medida da normalidade não está passando pelo filtro do bom senso.

Ou será que não sabemos mais o que é bom senso?

Xi! Acho que vou ter que escrever outro texto. A questão é que não raciocinar antes de agir ou de falar, o que já era comum, acabou se tornando normal. Quando ponderamos com as pessoas sobre todas essas questões, elas não têm resposta por uma única razão: elas nunca pensaram a respeito. Saem repetindo que tal ou qual coisa é normal porque alguém disse e não têm real noção do que dizem. Não é questão de ter inteligência, e sim de fazer uso dela.

Vamos, galera! Vamos refletir sobre aquilo que consideramos normal e entender se queremos mesmo que as coisas continuem tão normais assim ou se o nosso "novo normal" poderá ser um normal mais humano, mais voltado à coletividade, mais grato à natureza que nos cerca, nos protege e da qual fazemos parte, mesmo que não queiramos admitir. Temos o direito de mudar. Então, mudemos para algo que agregue valor à nossa existência.

Amor marinado

Conheci o Eduardo ainda criança, lá na escola. Nós dois éramos internos em uma escola especializada para pessoas cegas.

Nossa turma era muito unida. Alguns eram internos feito nós, outros não, mas o fato é que a gente andava muito juntos.

Tinha meninos e meninas no bando e cada um tinha suas características. Eu?... eu era só a Sabrina, pelo menos era o que eu achava.

Não demorou muito para a gente perceber que o Edu era um garoto muito inteligente. Ele conseguia ajudar até os garotos das séries na frente da nossa. Era só pegar o livro, dar uma lida e pronto.

"Ah, acho que entendi", ele falava tranquilamente e tinha entendido mesmo.

Eu ficava de boca aberta, orgulhosa de ser da turma dele e de poder estudar com ele de vez em quando.

Eu era para lá de distraída e ele vivia me chamando a atenção.

— Sabrina, você só não perde a cabeça porque ela é colada no pescoço. Cadê o seu punção? — era ele vendo que eu tinha saído às pressas e esquecido material na mesa.

A gente sentava juntos para fazer os trabalhos que não eram de sala. Ele, o Cássio, a Alice, o Bernardo, o Deco, que se chamava Alexandre, coisa de que a gente quase se esquecia, e eu, é claro.

Os três meninos eram sempre muito atenciosos com a gente e brincávamos e brigávamos feito irmãos. Tínhamos o acordo tácito de nos proteger sempre.

Só que, como acontece com todo mundo, começamos a crescer. Havia outros colegas, meninos e meninas, e começamos a percebê-los de forma especial. O Edu namorou uma menina, a Alice um garoto de outra turma e tudo nos parecia normal.

Certa vez, o Gilson começou a me elogiar e eu fiquei interessada.

Sempre achei que nenhum menino ia se interessar por mim porque eu me achava imatura e boba. Fazia de tudo para ser a palhaça da turma porque achava que assim eu tinha algo interessante para mostrar. É claro que só ganhei consciência disso muito mais tarde.

Então, voltando ao Gilson, ele estava demonstrando interesse por mim e ele tinha uma lábia de envolver qualquer um.

— Você é garota para muito mais do que essa escola. Você é muito inteligente. Tenho certeza de que você ainda vai ser uma grande mulher.

Te admiro há muito tempo — e por aí vai.

Quem não fica impressionado? Bem, todo mundo que já tivesse maturidade bastante para saber da malandragem dele, o que não era meu caso.

Caí na conversa. Começamos a namorar. Os meus amigos, inclusive o Edu, não iam muito com a cara do Gilson, mas não falaram nada. Achei interessante, emocionante namorar um garoto que tinha tanta personalidade, tantas ideias, mesmo sem pensar a respeito delas.

O que é uma cabeça de vento? É aquela que é levada por qualquer ideia, feito o vento que sopra sem raciocinar. Vento não pensa e eu também não estava pensando, estava indo...

Mas um dia, ele quis marcar um encontro em um lugar escondido da escola e eu não era tão apalermada assim. Quando ele disse:

— É bom a gente ficar um bom tempo sozinhos com intimidade para eu saber o quanto você é corajosa.

Entendi tudo e disse não. Morri de medo. Mesmo porque eu era muito criança para saber se o amava mesmo a tal ponto.

Pra quê! Ele me chamou de burra, disse que eu nunca ia passar de uma ceguinha vivendo de salário, que meu lugar era na Escola Dominical dizendo amém para o pastor, que eu não era garota para ele.

Fiquei quieta, fui para o dormitório chorar. A Alice veio atrás e acabei falando para ela. Eu tinha de falar para alguém.

— Mas só você mesmo né, Sabrina, para dar confiança para esse boçal.

Ele falou isso porque não aceita o não, ele é um machista mal-educado e ridículo — fez ela me abraçando.

Achei, então, que nunca mais ia querer namorar na vida.

O tempo passou e Edu foi se firmando no panorama da escola como o garoto mais cobiçado pelas mães das alunas e por algumas alunas também.

No caso das mães, era fácil compreender, porque ele era excelente aluno em notas, prometendo um futuro brilhante, era educado, gentil, respeitador e gato, pelo menos era o que todo mundo dizia. Que mãe não vai querer um tipo desses para genro?

Chegou a hora de deixar a escola. Tínhamos vivido muita coisa juntos e estávamos ainda mais unidos. A vida não tinha sido fácil para o Edu, que, apesar de muito inteligente, não seguiria, conforme se esperava, um caminho extremamente acadêmico.

Em dado ponto de sua trajetória, teve de deixar os estudos para trabalhar, pois sua família passava muitas dificuldades. Tinha três irmãos menores que precisavam de tudo e seu pai, bebendo muito, quase não trabalhava. A mãe já havia morrido e os pequenos eram filhos de sua madrasta que bebia tanto quanto o pai.

— Ele não tinha que fazer isso. Vai estragar a vida — diziam alguns.

Eu ficava me perguntando por que as pessoas acham que a gente só tem vida se for um alto funcionário do judiciário ou um grande empresário, se tiver doutorado. É claro que o estudo é essencial, mas como você segue em frente se sua família está em apuros?

Hoje, entendo que ele era muito jovem para assumir tanta responsabilidade e não teve aconselhamento para dosar as coisas.

Enquanto muita gente criticava, eu o admirava, mas não tive coragem de dizer isso a ele. Comecei a notar que, de todos os amigos, o que me fazia mais falta era ele.

Quando fiz 21 anos, resolvi comemorar meu aniversário e chamei os colegas. Vale lembrar que, nesse meio tempo, o Edu já tinha namorado outras três meninas, mas eu não tinha tido nenhum namorado depois do Gilson, estava traumatizada.

Naquele espaço de tempo, ele trabalhava e pensava em um meio de voltar aos estudos, porém estava cada vez mais mergulhado na vida dos irmãos, tanto que o pessoal até ficou surpreso quando ele disse que iria ao meu aniversário. Estava sempre recusando convite porque tinha que trabalhar, porque tinha que estudar com o Caio, porque tinha de ficar com a Vitória, pois os pais a deixavam sozinha e ela era muito pequena...

A Sheila, outra colega da escola que enxergava um pouco, me ajudou com os preparativos e todo mundo foi chegando.

— Tomara que o Edu venha mesmo, Sabrina. Da última vez que eu o vi, não gostei do que vi. Ele continua a mesma simpatia de sempre, cumprimenta todo mundo, e muito legal, mas sabe quando parece que aquele brilho que a pessoa traz nos olhos se apagou? É essa a sensação que eu tenho. Parece que ele carrega um peso grande demais para os ombros dele — ela comentava comigo.

Ele chegou com Cássio e Alice, que agora namoravam. Começou o papo e, de repente, ele resolveu se lembrar de algum daqueles micos que eu pagava.

— Lembra, Sabrina, do dia em que você esbarrou no armário e pediu desculpas pensando que era alguém muito alto — fez ele, o riso solto de novo.

Aquilo poderia ter me deixado feliz. Vê-lo tão à vontade poderia ter-me aliviado como amiga. Não foi, contudo, o que aconteceu. Fiquei sentida, doeu ver ele rir de mim. Todo mundo tinha feito aquilo durante toda minha infância e acho que até me orgulhava disso. De repente, porém, quando me dei conta, estava aborrecida.

— Para de lembrar isso! Com tanta lembrança para a gente ter da infância, por que 'você" tem que ficar falando nessas coisas? — fiz perdendo a noção e me levantando.

O silêncio foi sepulcral e fui para o meu quarto chorar. Eu não queria ter feito aquilo com meu colega, mas eu não entendia por que doía ver ele rindo de mim. Todos os outros podiam, ele não.

Ainda ouvi de longe o diálogo entre ele e a Sheila.

— Mas o que ela tem? Puxa, eu nunca pensei que ela ficasse chateada pelo que eu fiz. Se soubesse que ela se importava, não teria feito — dizia ele, claramente sem graça.

— Talvez, ela não tivesse se importando se o Cássio ou algum outro garoto fizesse isso. Acho que o que incomodou foi ter sido você — fez Sheila, que era muito despachada.

— Ora, mas eu sou tão amigo dela quanto os outros — insistiu ele.

— Você tem é dificuldade de compreensão. Já parou para pensar que ela pode não querer que você seja tão amigo quanto os outros? — largou Sheila, mandando a discrição às favas.

Ali, até eu me impressionei. Como ela dizia aquilo se eu nunca tinha confessado aquilo nem para mim mesma?

Ele ficou quieto, acho que pensando no que ela falou.

Fui para o local da festa, afinal meus convidados nada tinham com aquilo e não podia dar bandeira.

Então, ele veio. Estava sem jeito como eu não me lembrava de tê-lo visto e me chamou pra dançar. Dançamos. Vi que Sheila tinha mais razão do que eu gostaria de admitir. Ele era inteligente demais e eu era só a Sabrina. Como é que eu me atrevia a pensar que ele um dia pudesse ser meu namorado?

Ainda bem que pensei.

Estamos casados há treze anos. Nossos gêmeos, Gabriel e Sarah estão com dez anos, são inteligentes, espertos e cada um puxou a um de nós. A Sarah é concentrada, inteligente, pega tudo no ar, feito o pai; o Gabriel é bagunceiro, atrapalhado, sua cabeça voa como a minha.

Edu acabou fazendo a tão sonhada faculdade de fisioterapia e hoje cursa o mestrado. Trabalhamos muito, pois duas crianças custam bastante, porém fazemos tudo com muito amor e então pesa menos.

Casar-me fez com que eu despertasse para as necessidades de uma casa. Minha mãe cuidava de tudo e eu não tinha responsabilidade.

— Se vamos partilhar, vamos partilhar. Temos que estar juntos no desafio — falava Edu.

Aprendi muitos serviços domésticos. Cozinhar não deu. Sou ruim nisso. Ele, ao contrário, é excelente e adora a coisa toda, graças a Deus. Mas faço os outros serviços, dividindo despesas, trabalhos com os filhos e afazeres domésticos.

— As pessoas acham que não sou mulher do seu nível e têm razão.

— Você talvez tivesse ido muito mais longe com alguém mais inteligente, com outro foco — disse a ele certa vez.

— Mas longe onde? Você nem sabe onde eu queria chega — comentou ele rindo.

— Ora, no topo, é claro — emendei sem jeito.

— Engano seu. Posso até chegar no topo profissional, mas o que eu sempre quis conquistei com você: eu queria uma família como eu nunca tive. Talvez com outra mulher eu chegasse no topo e não fosse feliz como sou. Ninguém vive só de sonhos, é preciso algum dinheiro, algum trabalho. Sou, no entanto, muito feliz com a vida que tenho ao lado das pessoas que amo. Os outros não sabem o que vai dentro da gente, portanto falam porque gostam de falar — comentou beijando-me.

E sou muito feliz sendo o amparo dele nos momentos de confusão, ajudando-o com os irmãos até hoje, pois, às vezes, as brigas são muitas, apoiando nas vitórias e nas derrotas, como ele faz comigo, compreendendo que, por vezes, sentir-se amado, querido pode pesar muito mais do que ser condecorado.

Ele busca estar sempre presente junto aos nossos filhos e quer que eles aproveitem e valorizem esses momentos para que saibam que não importa o formato da sua família. Ela é preciosa se você se sente acolhido em seu seio.

***

Sabrina contou-me esta história quando conversávamos na casa dela, certa tarde. Edu saíra para trabalhar, mas havia deixado carne louca para comermos com pão. "Coisa de pobre", alguns dirão. E daí? Coisa deliciosa. E a dele é especial, preparada na cerveja preta.

— Quando vocês estavam na escola, você não fazia ideia de que gostava dele assim? E ele? O que fala a esse respeito? — perguntei curiosa.

— Acho que, no meu caso, eu não tinha consciência de que, a cada garoto que eu pensava em namorar ou que se interessava por mim, eu estava procurando o Edu, por isso não namorava ninguém. Sabe o que ele diz? Que nosso amor foi "marinado", por isso demorou a ficar pronto.

Segundo ele, no entanto, isso dá um toque especial ao sabor. Tem vezes que a gente briga de verdade. Mas acho que nunca conseguimos dormir sem nos falarmos. Dói dormir sem o boa noite dele e acho que ele sente o mesmo. Não dá para ser festa todo dia, só que, para nós, prioridade é nos apoiarmos nos momentos difíceis. Ele ama os irmãos e dou a maior força para que estejam sempre unidos, assim como ele tenta fazer também com a minha família, que tem seus problemas, e sempre dizemos aos meninos que, mesmo que a gente não concorde um com o outro, os dois queremos o melhor para eles.

Não sou grande cozinheira, mas aprendi que a carne marinada dura mais, é isso mesmo? Sei que ela demora a ficar pronta, exige paciência, mas é tão saborosa...

Bem-sucedidos

— Eu esperava que o Rogério fosse mais bem-sucedido. Ele era um aluno brilhante — comentou certa vez Márcia, uma colega, referindo-se a um ex-aluno da escola.

Tomávamos um lanche num daqueles reencontros de aposentados e o nome do rapaz surgiu, trazendo o comentário da colega decepcionada.

Entre um amanteigado e outro, dei minha opinião sobre o assunto.

Está aí um termo que tenho dúvidas se aprendemos a utilizar corretamente até hoje. Os conceitos de bem-sucedido são tão diferentes quanto nossas cabeças.

Durante muito tempo, como a maioria das pessoas, acreditei que aqueles que alcançavam boa situação material eram bem-sucedidos, no entanto tenho hoje alguns questionamentos sobre isso.

Esses questionamentos vêm de uma série de observações que venho fazendo. Observações oferecidas pela carreira do magistério e pela convivência com outras pessoas. Relatarei aqui alguns fatos verídicos com nomes fictícios, evidentemente, para que entendam o que quero dizer.

Pegando mais alguns amanteigados e uma xícara de chocolate, posso começar as histórias.

1. Elisa estudava em uma escola na qual sempre se destacou como aluna. Suas notas eram excelentes e ela batia todos os concursos: redação, matemática, olimpíada de lógica, leitura, um arraso.

Nesse universo, ela foi crescendo incentivada pela família, elogiada por todos, causando até um certo despeito nos primos que não atingiam o mesmo sucesso intelectual, mesmo porque os tios ficavam dizendo: "Quem não ficaria orgulhoso de um filho assim?|" "Você é o prêmio da família toda, Elisa."

Chegou o momento do terceiro ano do ensino médio. Pré-vestibular. Com notas tão maravilhosas, Elisa recebeu convite para estudar em uma importante escola preparatória para candidatos à universidade com bolsa de 60 por cento. Imaginem se ela não ia aceitar. Nem pestanejou.

Na sala do referido colégio, entretanto, eram oitenta alunos, a maioria nas mesmas condições dela, pois o cursinho pegava os destaques de todas as escolas e só dava o toque final no trabalho que, em geral, já tinha sido feito durante anos por alguma escola sem nome e com muito talento. Ninguém se prepara para um vestibular em um ano; a preparação é de toda uma vida.

Resultado: a maioria da turma era de destaques das escolas e assim as notas de Elisa não causavam mais sensação, pois ela era uma entre vários destaques. Seu desempenho era muito bom, contudo havia vários desempenhos muito bons.

Isso não comprometeu a bolsa, mas comprometeu sua mente habituada a reinar absoluta. Ela começou a virar noites na tentativa de gabaritar provas, ficou superexcitada, exigindo que a escola lhe desse mais avaliações, mais desafios e acabou na sala de um psicólogo, pois não era capaz de conviver sozinha com tanta gente igual a ela. Com isso, acabou não conseguindo a aprovação no vestibular daquele ano, sendo aprovada só no ano seguinte. Isso piorou tudo, pois até hoje ela não se conforma em ter se formado um ano depois do previsto e vive em busca de notas máximas na tentativa de apagar o que ainda considera uma frustração.

Melhorou, mas exige-se demais.

2. Diogo nunca se conformou com a cegueira e a família acreditava poder compensar essa situação garantindo a todos que ele era o garoto mais inteligente do mundo.

"Ele é muito inteligente. Tem condição de obter cargo alto como advogado." "Ele não vai ficar em escritoriozinho não. Vai ser juiz."

O "excesso de inteligência" não lhe permitia misturar-se muito com os colegas. Era educado, gentil, mas não se sujava no pátio da escola com os outros, não despenteava o cabelo, nunca levou uma bronca de um professor. Até mesmo os colegas nutriam por ele um certo respeito e os professores estendiam o discurso da família.

Veio a faculdade, vieram os concursos. O próprio nervosismo, a ansiedade, o receio de não ser aprovado dificultaram a tão sonhada aprovação, mas um dia ela veio. O cargo era alto, o salário também e a experiência para exercer o cargo era nenhuma, afinal ele jamais havia atuado em um escritório nem como estagiário. Durante o período da universidade, seu estágio tinha sido no próprio tribunal e agora ele teria de lidar com os sambados colegas que tinham a prática do lesco-lesco diário, da disputa, do jogo de palavras, correndo o risco de ser derrotado. Ser derrotado? Ele? Jamais! Mas não é assim a prática do direito, gente? Discute-se e uma das partes pode não sair vitoriosa, mesmo que ela seja a de um alto funcionário. Um procurador, por exemplo, pode ser contestado por um escritório, aliás isso é do jogo democrático. Diogo, todavia, não estava preparado para ser questionado. Nunca o fora.

Então, encontrou uma estratégia perfeita: raramente estava no ambiente de trabalho. Infelizmente, temos de admitir que algumas pessoas, por agirem de maneira irresponsável e não cumprirem as leis que deveriam moralizar o serviço público, facilitam esse tipo de comportamento. Quando estamos falando de um indivíduo cego, isso acontece ainda com mais facilidade, o que compromete a imagem de todos nós, pois as pessoas têm o hábito de generalizar.

Tornando-se a situação insustentável e vindo a pressão, ele adotou a estratégia das inúmeras licenças médicas que eram verdadeiras. A pressão fez com que ele desenvolvesse um grave problema de coluna, resultado da tensão em que se encontrava, temendo a contestação em um caso, o enfrentamento a um colega. Depois desse, veio uma depressão, advinda também do fato de que, ainda que não se falasse abertamente, as pessoas achavam estranho que ele estivesse no cargo há tanto tempo e não tivesse nenhuma causa examinada, nenhuma história para contar. Outros colegas que desejavam tentar concurso pediam orientação e ele se esquivava porque simplesmente não tinha nada para acrescentar. Não conseguia lidar com o fato de que não era um ser produtivo, não tinha nada a acrescentar a ninguém e acabava atribuindo isso à cegueira, o que não correspondia à verdade.

3. Telma e Tânia são irmãs, sendo que Tânia é cega.

Telma sempre foi mais extrovertida, curiosa e queria aprender tudo, além de ter naturalmente um espírito muito competitivo. Gostava de destacar-se. A família, gente do interior, admirava essa postura, acreditando que isso faria a menina ir longe e todo mundo a considerava muito inteligente.

Tânia era "muito esforçada", no dizer de todos. Em geral, as preocupações de Tânia eram as de meninas da sua idade: brincar, passar de ano, aprender sim, mas sem exageros. Ela já tinha de esforçar-se mais do que os outros, pela sua condição em um tempo em que os recursos nem eram tantos assim. Estudava, aprendia fácil, tinha lá suas dificuldades como todo mundo, mas nunca fez sequer uma prova final. Não ficava desesperada, no entanto, com o fato de obter um 6, por exemplo. Adorava estar com os primos, os amigos, queria ouvir as histórias da família, guardar nomes de parentes antigos, saber das histórias que as pessoas tinham para contar.

Telma era mais isolada. Tinha amigos, contudo, quando cismava de assistir a um programa de televisão, largava todo mundo e não estava nem aí. Abaixo de 9,0 para ela era a desgraça total, por mais que os pais dissessem que aquilo não os preocupava, que ela era boa e que não tinha a obrigação de ser excelente em tudo.

Penso que, naquela época, ninguém se dava conta do grande buraco em que a garota estava entrando. O fato ia além das questões escolares.

Matriculada na natação, Telma começou a frequentar. Saía-se bem, muito bem. O responsável pela escolinha logo a colocou entre os que iam participar da competição no fim do ano, coisa que não aconteceu com todo mundo de sua turma.

Eram três baterias. Dos 24 atletas, apenas 8 iriam para a final no mesmo dia. Lá estava ela, de touca e maiô, em sua primeira competição.

Todos os pais, inclusive os dela, vibrando e incentivando. Ela passou! Estava classificada!

A família vibrou. À tarde, veio a final para definir medalhas. Uma pequena diferença, quase imperceptível e... bronze para Telma. Puxa! Quase foi a prata! Mas a vibração veio. Era sua primeira medalha.

Brinde, espumante aberto em casa. Bolo para comemorar e, na segunda-feira...

— Não vou mais participar da natação — ela declarou aos pais.

— Como assim? Você tá indo súper bem. A gente achou que você estivesse gostando — falaram os pais até chocados.

— Nem a prata eu consegui. Bronze é prêmio de consolação — resmungou ela até chorando.

— Ficaram cinco naquela piscina sem medalha nenhuma, Telma — alegou a mãe.

— Não interessam os outros. Se eu entrei, eu quero fazer o melhor.

Assim, ela saiu do vôlei porque não jogava como a Isabel, da dança porque quando via a Ana Botafogo dançar, sentia-se uma pata com sapatilhas.

Na escola, tudo ia bem, apesar de algumas crises quando rolava um 8,0 ou coisa pior. E, para os membros da família, ela continuava a ser muito inteligente e tinha cosias que só ela devia saber, mesmo porque veio a descobrir-se depois que, quando ela não sabia, inventava para não ficar sem dar resposta. A Taninha? Ah, ela era muito esforçada.

Veio o vestibular. Telma passou para sua primeira opção. Justo. Ela estava estudando o ano todo. Ver seu número de inscrição, fazer a matrícula, nada disso bastava para fazê-la acreditar que estava aprovada. Ela não se achava boa o suficiente para isso. Só quando viu seu nome na chamada do curso, a ficha realmente caiu. Curso levado com esforço, empenho. Tornou-se realmente boa no que fazia. Os empregos foram vindo, mas Telma fugia da especialização. Tinha uma área de escolha, mas não se achava boa o bastante para ser aluna do professor A, porque ele era o bambambã da área e ia rejeitá-la. Não podia apresentar um memorial ruim.

Enquanto isso, a "esforçada" Tânia perdia a visão, passando por todos os perrengues que alguém passa nestes casos. Dedicava-se ao Braille, investia, com todo o apoio da família, é claro. Fazia o vestibular, não se saía tão bem, tentava novamente no ano seguinte, sem desanimar. Boa! Ótimo resultado. Formava-se, emendando direto na pós-graduação. Que canseira! Monografia sendo preparada no dia 26 de dezembro... Mas, para quem estava habituado a ser muito esforçado, isso era normal.

Depois de já estar trabalhando há algum tempo, Tânia decidiu tentar o mestrado. E passou. Estava tão tranquila, acreditando que aquela era uma prova só de experiência e que tentaria a valer no ano seguinte, que passou. Acreditava no seu esforço e a prova tinha muito a ver com sua prática profissional, o que ajudou bastante. Era atenta ao que lia e sabia transmitir ideias.

Quando Telma soube, um misto de sentimentos apossou-se dela. Ficou feliz pela irmã, mas sentiu uma certa vergonha por não ter nem uma pós lato-sensu.

De frustração em frustração, não por incapacidade, mas por dificuldade de definir foco e por sempre achar que o que tem para apresentar não está bom e que é preciso melhorar antes de entregar, Telma ainda está peregrinando um pouco, querendo o posto de mulher-maravilha, tentando equilibrar aprovação no mestrado, custeio de viagem internacional, compra de carro zero e de apartamento em condomínio classe média-alta. Complicado. Pesquisador, neste país, ganha pouco e, para pesquisar, todo mundo tem de diminuir volume de trabalho e aceitar viver com menos. Ser pesquisador e subir economicamente são duas realidades que não combinam. A "grande inteligência" de Telma, que, de fato, existe, não envolveu o aspecto emocional.

A família não faz cobranças, mas nem é preciso. Ela já se cobra o bastante, aliás além do necessário.

E Tânia, que já concluiu seu mestrado com nota máxima, é mais uma demonstração de que é preciso valorizar mais os "muito esforçados".

Esforçando-me eu para não acabar com os amanteigados maravilhosos, comentei com Márcia:

— Temo porque creio que nós, professores, pais, tios, avós, não sabemos medir a maneira de exigirmos algo de uma criança, um jovem, assim como não estamos vigilantes aos sinais que ele demonstra de que precisa de ajuda para enfrentar as frustrações que aparecem no caminho de qualquer pessoa.

Ensinamos a preocupação excessiva com notas máximas, prêmios, destaques e não lhes permitimos viver experiências enriquecedoras que os fariam pessoas mais equilibradas, capazes de ter maior resiliência e solucionar problemas, ou pelo menos conviver com eles de forma mais sóbria, até construtiva.

— Você tem razão. Tenho notado que, de hábito, aqueles alunos em que apostamos mais fichinhas acabam ficando pelo caminho ou, se seguem destacando-se no acadêmico, demonstram que são infelizes no campo pessoal — comentou Márcia, pensativa.

Uma amiga que trabalha no setor administrativo de uma dessas empresas-escolas que dominam o setor educacional hoje me falou muito preocupada que nos últimos dois anos ela deu baixa na matrícula de cinco alunos por suicídio. Eram alunos bem-sucedidos que, em algum momento, tiveram uma queda de desempenho ou que não tiveram queda na nota em si, mas perderam alguma medalha, título, concurso, mesmo interno.

Dos alunos que conheci como promessas que levariam ao topo o nome da escola, poucos chegaram ao topo de alguma coisa. Teve quem parasse de estudar no meio do caminho por circunstâncias diversas, teve quem degringolasse geral e hoje não tenha qualquer aptidão profissional, vivendo da pensão deixada pelos pais, teve quem acabasse em trabalhos pouco promissores.

Houve, é claro, quem conseguisse destaque, bom desempenho, mas foi minoria.

Constatamos a mania de perseguição de Diogo como fator que o afasta do convívio e o transforma em uma eterna vítima de si mesmo, já que é ele quem cria essas situações. A inquietude de Telma a cada vez que não consegue ser o máximo naquilo que tenta, faz com que não tenha foco, dificulta a conclusão de coisas que lhe trariam sucesso profissional e pessoal, e sua necessidade não é de aprovação, é de unanimidade.

Elisa nunca esteve pronta para competir de verdade. Sua prontidão era apenas para ganhar. O competidor consciente aprende com seu oponente, reconhece o talento do outro e sabe que, se perdeu hoje, pode vencer amanhã. Sabe inclusive a hora de parar de competir, estabelece limites para si mesmo.

Acima de tudo, não ensinamos aos nossos jovens o prazer do trabalho em grupo, onde todos saem ganhando e o grande objetivo é que tudo seja melhor para todos. Acreditamos que se pode construir algo sozinho, o que não é verdade. Assim nos constituímos em 8 bilhões de estrelas solitárias cujo brilho vai se apagando até descobrirmos que a chama de um é o que acende o outro.

Conheço alguns que já entenderam isso. poucos, mas conheço. São pessoas que buscaram no trabalho, no estudo sempre o prazer de servir, de ver o outro bem. Não que não tenham feito nada por si, mas indivíduos cuja maior satisfação é sempre atender bem ao outro, ver como funciona o coletivo, sem empenho em destacar-se.

Esses acabam brilhando porque são "pontos fora da curva", seres diferentes, muitas vezes até considerados bobos, submissos, no entanto hoje acredito que são aqueles que já descobriram a satisfação de sermos bem-sucedidos em conjunto.

Palavra certa, palavra errada

Por gostarmos muito de conversar e de conversar à mesa, a própria palavra tornava-se tema, às vezes.

— Não usa essa palavra quando falar com seus colegas. É indelicado.

Você sabe o que significa essa palavra?

Essas coisas minha mãe dizia para nos alertar para o melhor uso da linguagem, que é como roupa: tem uma para cada ocasião.

Sabemos, no entanto, do peso que uma palavra ou expressão pode ter e por isso é importante usá-la com responsabilidade. Muitas palavras e expressões tem sido usadas de forma a reforçar preconceitos. Em alguns casos, como os das palavras que lançam a cegueira no campo da falta de intelecto, praticamente não se pode mudar mais nada, pois elas estão enraizadas no nosso falar a tal ponto que não saberíamos nos expressar sem elas.

Assim, a "fé cega" continuará a ser a fé que não raciocina; "dar uma luz" continuará a ser sinônimo de dar uma ideia, sugerindo que quem não tem luz não pensa; "ponto de vista" continuará vinculado a opinião, pensamento etc.

É importante, porém, que a gente compreenda como a língua se forma com base em preconceitos tão enraizados que não nos damos conta de sua existência. Mas é preciso observá-los, compreendê-los, aceitá-los para transformá-los. É assim que lidamos com o preconceito, sabendo que ele mora dentro de todos nós.

A palavra "mulato", utilizada para referir-se ao miscigenado de branco e negro, é outro termo carregado de ideias pejorativas, comparando o indivíduo dessa categoria a uma mula. As mulas são ótimas para o trabalho; as mulas nascem da união de espécies semelhantes, mas não iguais; as mulas são estéreis, nada criam...

Houve um tempo em que era só chover para faltar luz em meu bairro, normalmente na hora do jantar. Assim, a gente se sentava à mesa da cozinha, tomando sopa de ervilha — dia de chuva é dia de sopa —, e meus pais começavam o assunto, sempre esbarrando nas palavras que não podíamos usar.

Alguns termos chamam minha atenção e tenho o cuidado de não usá-los, seguindo as orientações de minha mãe, pois creio que há formas melhores de expressão e não vou assinar minha sentença de morte. Vamos a eles:

- Reglete positiva: usada para referir-se à reglete, com a qual se escreve da esquerda para a direita.

O Sistema Braille foi concebido para ser escrito da direita para a esquerda, por isso fura-se o papel. Uma reglete com a escrita da esquerda para a direita exigirá um punção que faça subir uma pequena partícula do papel e descer o que está em volta, deixando o relevo na face da folha que está virada para cima. Isso torna a escrita lenta.

Falo porque já testei.

Reconheço, contudo, que, no caso de crianças disléxicas ou com outros comprometimentos, ela pode ser útil, devendo, assim, ser chamada de "reglete alternativa". Uma reglete positiva pressuporia uma negativa e nunca aceitarei que seja esse o caso da tradicional.

Habitualmente, as crianças não apresentam qualquer dificuldade na escrita pela necessidade de se escrever da direita para a esquerda. Isso pode acontecer quando ela vem do sistema comum, pois tinha a ideia da escrita no sentido diferente já internalizada, mas é facilmente superado.

Tive muitos alunos nessas condições e uma boa quantidade de exercícios e muita atenção resolveram o problema, aliás foi assim também comigo, que aprendi o Braille aos treze anos. Minha professora, todavia, jamais me disse que seria difícil por causa da inversão. Ela apenas disse que eu precisaria começar do canto direito para furar o papel e eu entendi todo o processo.

Certas expressões como: é difícil, é enjoado, é complicado podem acabar por trazer bloqueios desnecessários.

Se for para auxiliar crianças que tenham algum problema de orientação espacial, acho a ideia positiva, mas a reglete continua "alternativa" na minha opinião. Precisamos examinar se não estamos muito preocupados em fazer da criança cega, ou antes, do indivíduo cego, alguém igual ao vidente, quando é preciso garantir a igualdade de oportunidades, mas com respeito às diferenças.

- Escola especial: outra questão. Como uma escola que trabalha a mesma grade das demais pode ser especial? Ela é especializada, pois usa outros métodos, outra forma de ensino, porém tem turmas, seriação, como as demais escolas. Creio que isto se aplica tanto ao Instituto Benjamin Constant quanto ao Instituto Nacional para Educação de Surdos e outros similares. Entendo que os termos "escola convencional" e "escola especializada" resolvem a situação entre os dois modelos.

Convido a todos para refletirmos sobre o uso dessas expressões e de muitas outras, a fim de modificar as noções preconceituosas e inconscientes que trazemos. Não seria bom deixarmos que mais essas ideias povoem o "mundo cegal", já bastante cercado de preconceito, inclusive das próprias pessoas cegas.

Identidade, diferença não podem ser confundidas com inferioridade.

Não está decidido em nenhuma constituição do mundo que tudo deve ser feito como fazem as pessoas que enxergam. Isso cheira a aqueles conceitos de que só a música europeia é de alto nível, só as pessoas com nível universitário têm direito a ocupar altos cargos...

A palavra é maravilhosa, mas é preciso refletir antes de falar, sobretudo, é preciso refletir antes de repetir o que os outros falam.

Presente da Dona Judith

— Não mexa nessa manteigueira! Foi presente da dona Judith — durante toda a minha infância, ouvi minha tia Lea dizendo essa frase às minhas primas.

Lembro-me bem: era verde, de vidro, retangular, bonita mesmo e chamava a atenção das quatro filhas e a minha, que, como sobrinha e também menina, fazia o que boa parte das meninas daquela época faziam: sonhava com o dia em que teria uma cristaleira como aquela, cheia de copos, compoteira, poncheira e, quem sabe, até uma manteigueira como aquela.

Ainda éramos criadas com a ideia de que o objetivo da mulher é casar, mas já migrávamos para uma outra fase e estudávamos para ter outros objetivos somados a esse, se bem que minha mãe mesmo nunca falasse nisso a mim ou à minha irmã. Ela sempre ventilava para nós o futuro profissional, a vida independente, mas não falava no casamento como um caminho, salvo se o assunto fosse puxado por nós mesmas.

Envolvidas, porém, num contexto social que ainda estimulava bastante essa ideia e, vendo as primas mais velhas casarem-se, a ideia também passava por nossas cabeças, embora sem tornar-se uma ideia fixa.

Mas a tal manteigueira me causava curiosidade, mesmo porque, como a maioria dos objetos de minha tia, nunca podia ser retirada da cristaleira. Ciosa de preservar tudo o que ganhava, ela não permitia que as filhas a colocassem sobre a mesa nem mesmo em dia em que recebiam visitas. Gostava sim de exibir os objetos, e não de usá-los. Acreditava que assim aqueles que os deram ficariam felizes, sentindo que ela os guardou com zelo.

— Elas são muito estabanadas — dizia ela.

Apesar de minha pouca visão, eu encostava bem o rosto no vidro da cristaleira e ficava olhando o objeto que tinha sido presente de dona Judith, uma senhora a quem ela atendera como costureira por longo tempo.

No entanto, uma dúvida me assaltava: Qual seria a utilidade de se ter uma manteigueira tão bonita e nunca usar? Em minha casa, os objetos eram sim cuidados, minha mãe nos orientava a pegar com atenção, sobretudo os muito pesados. Até hoje ainda restam comigo uma tigela funda e um prato para bolo dos que ela ganhou ao se casar há 55 anos, não por falta de uso, mas porque houve cuidado e sorte (o resto já virou caco).

É que não temos noção de que não são as coisas que precisam ficar, e sim as lembranças, os fatos, os momentos e lá onde eles são guardados não se quebrarão nem se apagarão, nem mesmo com a senilidade. Ela poderá embaralhá-los, confundi-los, mas não apagá--los. E, quando isso acontecer, também não terá mais importância termos guardado os objetos, porque, então, não saberemos mais quem os deu, nem por que, sequer saberemos para que servem.

Como criança, habituada aos apólogos, histórias em que os objetos tinham fala e pensamento, eu ficava imaginando a tristeza daquela manteigueira que nunca era usada. Talvez ela nem soubesse para que servia.

O tempo passou, minha tia partiu desse mundo e uma de minhas primas, depois de ter cuidado dela — minha tia — muito bem, herdou, entre outras coisas, a manteigueira. Pouca coisa as irmãs quiseram, mesmo porque não havia muito para querer. Como era essa prima quem morava com minha tia, a maioria ficou por lá mesmo, na casa.

Mantendo o padrão da mãe, Geórgia mantinha intocáveis alguns objetos, incluindo, é claro, a manteigueira que era presente da dona Judith.

— Minha mãe tinha tanto cuidado com essa manteigueira... — dizia saudosa quando alguém ameaçava querer usá-la.

O vento correu a passar, como diz a música de roda da Rosa Juvenil.

Os cupins não se importaram com o fato de minha tia e minha prima terem grande estima pela cristaleira, nem as constantes mudanças que fizeram

com que, em alguma delas, o vidro da frente se quebrasse. Falta de dinheiro, pessoal não especializado... Mas a manteigueira foi um dos objetos que sobreviveu, intacta em todos os sentidos.

Esqueci-me dela, mesmo porque tinha mais em que pensar.

— Puxa! Fiquei tão chateada com a Bianca! — contou-me Geórgia um dia, falando da filha. — Você sabe como ela é. Pede as coisas até a gente ceder. Então ela ficou dizendo que queria aquela manteigueira. Ela curte coisas de casa, colocar uma bela mesa de café quando recebe gente, tudo isso. Sempre achou a manteigueira bonita. Eu dei. Ela andou colocando a manteigueira, algumas vezes, no micro-ondas para amolecer a manteiga e, não sei como, um dia, a manteigueira apareceu trincada. Puxa!

A manteigueira tem uma história. Estava muito bem aqui comigo — lamentava-se ela quase tão sentida quanto ficamos quando do incêndio no Museu Nacional.

— Os vidros daquela época não eram feitos para suportar a forma de aquecimento do micro-ondas. Deve ter sido isso o que aconteceu. Mas pelo menos assim sua filha conheceu a manteigueira, tirou fotos da mesa bonita enfeitada com ela... — falei tentando amenizar a situação e dizendo o que, sinceramente, achava.

— É, mas de um trincado, logo se quebra e deixa de existir — protestou Geórgia, sentida.

Não falei mais nada, porque nesses particulares é preciso entender o modo de pensar de cada um. Entretanto, reconheço que fiquei feliz pela manteigueira. Ao contrário do que minha prima pensava, até ali, ela não tinha uma história. Era um objeto sem vida, sem nada para contar. Não aparecia em nenhuma foto de mesa de café da manhã, de lanche, nunca havia recebido um sujo de manteiga sequer. Devia andar até meio deprimida, coitada, já se achando inútil e não tem nada pior do que se sentir inútil.

Dona Judith, como qualquer pessoa, passara pela vida deixando sua história com parentes e amigos. O mesmo acontecera com minha tia, de quem guardo excelentes recordações. A pobre manteigueira, contudo, se não tivesse sido salva do ostracismo por Bianca, acabaria passando pelo mundo sem que ninguém pudesse lembrar uma tarde feliz, um lanche em família passado em companhia dela. Que vida vazia e triste!

Manteigueira, você que povoou os sonhos de casamento da minha infância e viu tantas histórias acontecerem trancafiada na cristaleira e depois no armário da cozinha, o que foi ainda pior, pois este não tinha nem vidro, deve estar realizada agora, porque sabe que quando seus dias acabarem, alguém terá uma doce lembrança de você. Não a lembrança do objeto intocável, quase sagrado que nós, seres impuros, não merecíamos ver sobre a mesa, mas a lembrança de um café cheio de alegria e vida, de lanches apetitosos onde histórias são contadas. Eu mesma consegui participar de um desses no aniversário da própria Geórgia, pois Bianca curte demais essas coisas e também curte família reunida.

Quando as fotos dos tempos de reunião fácil encheram o grupo da família por conta do afastamento a que fomos forçados pela pandemia, você estava lá, linda, apreciada, sendo descoberta com cuidado para que seu conteúdo cobrisse torradas e pãezinhos.

Nossa história, assim como a dos objetos, só tem sentido se fizermos parte de movimentos, acontecimentos. Tudo passa, mesmo as coisas mais preciosas, e o material é efêmero, mas poderá tornar-se eterno se for conhecido de todos, pois então permanecerá nas memórias dos momentos felizes.

Se nunca tivesse saído daquele armário opressor, talvez a manteigueira caísse acidentalmente e se partisse, ficando para sempre relegada a ser um presente da dona Judith que mais ninguém sabia quem era, desaparecendo para sempre sem deixar marca feliz na memória de ninguém.

O brinde, o prêmio, o afeto

Meus pais já brigavam desde antes de eu nascer. Eles nunca viveram juntos e, até onde sei, fui um "acidente de percurso". É complicado a gente crescer sabendo que em nenhum momento seus pais pensaram em criar você juntos, mas todo mundo tem problemas, dores e tem outras formas de a gente se sentir amado.

Com certeza, quem sempre viveu com seus pais terá outros problemas, outras dores, porque nós, seres humanos, vamos errando até acertar. E é importante a gente entender que não são só os pais da gente que erram, a gente vai errar também.

Estou descobrindo isso ainda, mas a cada dia descubro um pouco mais. Quando minha mãe queria ir para as festas, noitadas e meus avós diziam que ela tinha de ficar para cuidar de mim, ela reclamava muito, me xingava...

— Se não fosse esse garoto, eu bem que ia estar no baile hoje. Pro seu pai tá tudo bem, sabia? Ele deve estar se divertindo a essa hora porque ele não tá nem aí pra você — ela falava como se eu tivesse culpa.

Minha avó sempre tinha acreditado que minha mãe seria a filha maravilhosa dela porque minha mãe enxergava e minha tia Débora era cega. Meus avós acreditavam — hoje entendo isso — que era minha mãe quem tomaria conta da minha tia, que seria, então, totalmente dependente dela.

Tia Débora, por sua vez, estudava, crescia, aprendia e me tratava com carinho, mas como estava sempre às turras com minha mãe, evitava me fazer muitos agrados.

Meus avós ficavam comigo para minha mãe trabalhar e estudar.

Trabalhar ela até trabalhava. Era caixa em um supermercado. Estudar... bem, não. Já tinha sido pela pouca preocupação com o estudo que as coisas tinham dado errado e ela não conseguira boa colocação. Ela parava tudo, dizia que o horário de trabalho não ajudava, que, se pudesse só estudar, seria melhor. Mas meus avós não abriam mão de sua participação, pois, na hora de arranjar namorado, ela sempre queria dinheiro para se produzir.

Hoje, acho que todo mundo valorizou muito a beleza da minha mãe, o fato de ela enxergar, de ser o xodó da casa e depois ela acabou virando a dor de cabeça de todo mundo, inclusive minha. Não é que enxergar seja um defeito. O problema foi a diferença que sempre se criou entre ela e minha tia.

— E a gente que achava que a Débora era uma coitadinha... ainda vai ultrapassar a Denise que não tem nenhum juízo — lembro-me de ouvir uma irmã da minha avó dizer.

Um dia, apareceu lá em casa o Alexandre, namorado da tia Débora.

Tinha sido colega dela na escola e agora estavam namorando. Todas as colegas dela tinham um certo despeito porque ele era bonito e, no final, foi com tia Débora que ele ficou.

Trabalhava como massoterapeuta, estudava fisioterapia, era inteligente, simpático, cheio de planos e logo ficou meu amigo.

Naquela manhã, minha mãe tinha me dado a maior bronca porque eu tinha deixado cair tinta guache na mesa e eu estava manhoso.

— Você é que é o Gustavo? — ele perguntou quando eu apareci.

— Sou — falei meio baixo.

— Que é isso, brinde? Pensei que a gente ia jogar bola, mas você está tão desanimado — ele fez todo feliz.

— Mas... como é que eu vou jogar com você? — perguntei meio sem jeito.

— Nada que um saco plástico para a bola fazer barulho não resolva.

Descola um com sua avó — fez ele.

Fiquei animado porque nunca tinha com quem brincar fora da escola.

Jogamos muita bola. É claro que o saco rasgou, mas então arranjamos outro e era só colocar a bola dentro e a aventura recomeçava.

-- Brinde, agora é melhor a gente tomar banho, certo? não tem nada a ver esse negócio de ir para a mesa do almoço suado do jeito que a gente está — ele fez encerrando o jogo.

— Por que você me chama de brinde? — quis saber.

— Porque eu vim ver sua tia e consegui você de brinde. Foi um presente extra. Brinde é assim, agrada, mas é pequeno feito você — brincou ele me fazendo cócegas.

"Que tio legal! Tomara que a tia Débora case com ele para eu ver ele sempre", pensei.

Meus avós também adoraram o Alexandre e por isso ele voltou muitas vezes. Quando notava minha mãe meio zangada, me chamava pra brincar, me levava para tomar sorvete e tentava explicar com palavras delicadas o motivo que a levava a agir daquele jeito, transformando em orientação adequada a bronca sem sentido.

— Se você e a tia Débora se casarem, eu posso pedir para ser filho de vocês? — perguntei um dia.

Ele franziu a testa preocupado.

— Não, Brinde, você não pode. Sua mãe gosta de você. Sei que vocês brigam muito, mas ela gosta de você. Mas é claro que você vai poder estar sempre com a gente — ele disse sério.

Fiquei um pouco decepcionado, confesso. Com o tempo, porém, entendi que meu pedido não tinha sentido. Havia meus avós, que me adoravam e que eram tudo para mim.

Eles se casaram mesmo e eu levei as alianças. Só não deu para acompanhar na lua de mel.

Ia para a casa deles às vezes. Lembro-me de que foi apreciando a canja temperada com hortelã do meu tio que eu aprendi quando usar "porque" junto e "por que" separado. Comendo seu delicioso angu com molho de linguiça, eu descobri como viviam os esquimós. Depois de apreciar o bolo de laranja da tia Débora, eu entendi qual era a diferença entre praia de baía e praia de mar aberto — essa tinha que ser com as mãos limpas porque era em uma maquete que minha tia possuía. Ela era professora e tinha muitos materiais legais.

Meus tios gostavam de cozinhar; ela os doces, ele os salgados.

Gostavam de receber gente e de conversar.

Dora, a filha deles, nasceu nesse ambiente e eu fui entendendo que ela seria minha irmã mais nova.

— Você vai nos ajudar a cuidar dela, não vai, Gustavo? — perguntou Alexandre colocando no meu colo aquela coisa tão pequenininha que eu tinha medo de deixar cair.

— Por que você não me chama mais de brinde? — quis saber, enciumado.

— É que brindes são pequenos e você já cresceu. Agora, você está mais pra troféu. Mas o seu nome é tão bonito... — fez ele me dando um daqueles abraços que me enchiam de um calor gostoso de sentir em qualquer época do ano.

Adorava estar na cozinha quando ele fazia biscoito de cebola.

Então, eu me oferecia para ajudar e fazia formatos de letras, de bichos e ia aprendendo a fazer metade da massa, um terço da medida, o dobro da quantidade. A higiene nunca ficava de fora, nem a solidariedade.

— Vamos levar uns biscoitos para dona Idalina que adora e está doente? — convidava meu tio, que era o xodó da vizinhança. E lá íamos nós!

As lições de casa eram sagradas para ele e aprendi o valor do dever cumprido para que meus professores confiassem em mim e para que eu pudesse, então, brincar, jogar videogame, ir à praia, viajar com eles.

Fui muito bem treinado no supermercado, orientando pessoas cegas, habituei-me aos amigos de meus tios, muitos deles também cegos, aprendi cedo a preencher cheques, separar cédulas e moedas por valor, levar pessoas cegas ao ponto de ônibus e, acima de qualquer coisa, aprendi o valor da honestidade para garantir a confiança do outro, pois se eu cometesse um deslize, nem meus tios nem os amigos deles me quereriam por perto. Como diz a música de Jorge Benjor, "Se malandro soubesse como é bom ser honesto, seria honesto só por malandragem".

Certa vez, em um concurso de redação da escola, escrevi sobre minha ligação com meus tios usando o título *O Brinde O Prêmio O Afeto*. A ideia era falar sobre a importância da família e eu queria dizer que ela é fundamental, mas que não precisa ter um formato previsto e exato. Não importa se você tem dois pais, duas mães, pai e irmãos, mãe e avós... O fundamental é ter afeto e este sempre nasce quando se quer o melhor para o outro.

Falei sobre isso e acho que o pessoal gostou porque ganhei o primeiro prêmio. Expliquei no texto que o Alê, como eu o chamo, era o meu prêmio porque eu também tinha ganhado ele por muita sorte. Aliás, o "tinha ganhado" também fazia parte das coisas que ele me ensinava.

Excelente em português, ele me mostrou que existem verbos com dois particípios. Assim, devemos dizer: tinha ganhado e foi ganho; tinha pegado e foi pego; tinha salvado e foi salvo, por mais que pareça esquisito.

Minha boa ortografia, as frases bem organizadas também ajudaram na premiação e meu tio chorou muito no dia em que o texto foi lido em público.

— É isso. Você merece a homenagem. Muito obrigada pelo que você faz pelo meu filho — disse a minha mãe, também comovida.

— Mas como você me apronta uma dessas sem saber se tinha médico na plateia, menino? E eu como fico aqui, quase explodindo? — fez ele rindo e chorando ao mesmo tempo, dando-me um abraço longo e gostoso.

— O problema é que a gente nunca aprende que isso de usar pronome possessivo para vínculos de afeto é um erro. Só faz a gente sofrer mais.

A gente acaba se apegando, acreditando que as pessoas são nossas e que nada nem ninguém vai tirá-las da gente.

Amo meus avós, me amarro na minha tia, curto, como irmão mais velho, minha prima Dora, contudo "meu tio Alê" sempre teve lugar especial para mim. Só que alguém, e já podemos imaginar quem, resolveu mudar o rumo das coisas, ou antes resolveu dar o rumo que provavelmente sempre as coisas tiveram no planejamento desse alguém, mas era um planejamento que eu desconhecia. O nome desse cara é Deus. Alguns dão outros nomes para ele, mas, no fim, dá no mesmo.

Chegou o ano de 2020 e, junto com ele, a pandemia de Covid-19. Tio Alê sempre conviveu com uma asma muito forte, que, às vezes, deixava ele para lá de prostrado. Ele, todavia, nunca se entregava e a gente até se esquecia desse problema tão sério.

A Covid, entretanto, não se esqueceu e, em agosto do mesmo ano, apesar de todos os cuidados, ele contaminou-se (outra marca dele: pronomes oblíquos depois do verbo).

Três dias de esforço da minha tia com minha ajuda para mantê-lo em casa, mas não era mais possível. O oxímetro marcando cada vez mais baixo, a dificuldade para respirar aumentando... a gente não podia deixar ele sofrendo daquele jeito. Dora e eu quisemos abraçá-lo; ele não permitiu.

— Não sejam sem juízo! Vocês têm que se cuidar. Cuidem um do outro, por favor — falou com os olhos cheios de lágrimas, apenas segurando nas nossas mãos.

Não dissemos nada. O táxi esperava minha tia e ele. Quando saíram, minha prima, então com catorze anos, atirou-se nos meus braços e chorou tudo o que quis e eu com ela porque nós dois sabíamos que ele não voltava. Acho que ele também sabia.

Foi isso mesmo que aconteceu. Após uma semana, ele se foi da nossa convivência. Entendo o lado de Deus. É muito difícil você criar um cara como o Alê e deixar ele só para os outros.

A dor foi muita. Aliás, acho que ela não acabou. Fizemos, entretanto, o que ele sempre nos ensinou que fizéssemos: ficamos juntos, unidos pelo afeto, pelas lembranças boas, engraçadas, cheias de vida, trazendo-o para junto de nós (ai de mim se escrever "trazendo ele". Acho que ele vem da sepultura só para me dar uns cascudos).

Na próxima semana, é minha formatura em Comunicação. O texto jornalístico me pegou com paixão. Outra paixão é Letícia, uma jovem que foi aluna da minha tia e tornou-se amiga da família. Não tive preocupação com o preconceito, pelo menos com relação à pessoa cega, pois isso sempre soou natural para mim. Tento ser o irmão mais velho que a Dora merece, ajudando-a e apoiando-a no que posso. Ela confia muito em mim. Tento ser o amigo que minha tia Débora sempre esperou que eu fosse.

Tenho até me aproximado de uns primos, sobrinhos de meu pai, que me acharam pelo Facebook. A pandemia fez as pessoas se procurarem e acho que isso é parte da lição e da herança de meu tio: entender que o afeto sempre pode construir mais.

O abraço dele estará comigo no dia da minha formatura, na hora em que eu pedir a Letícia em casamento (ela ainda não sabe, mas vou fazer isso), quando nascerem nossos filhos, quando algum amigo precisar de mim, porque afeto é como galho de árvore frondosa, dando sombra e proteção, é como abraço que envolve e dá segurança, é como sopa saborosa feita com carinho quando a gente está doente, é a certeza de que quem espalhou afeto nunca se vai, porque, como diz Saint-Exupéry, cada um que passa pela nossa vida, deixa um pouco de si conosco e com o afeto não é diferente; ele é para ser fracionado por todos, a fim de que cresça cada vez mais.

Bertoleza vira a mesa

E Lourdinha achava que estava bom assim. A mãe tinha sido abusada pelo filho de um patrão pra lá de irresponsável. Conheceu Ancelmo, disposto a dar a ela e à filha um sobrenome de gente casada. E era só isso o que ele tinha pra dar. Mentira, tinha algo mais: trabalho.

Mãe e filha trabalhavam no bar de Ancelmo desde cedo até a noite.

— Não, Lourdinha. Você não pode ir à escola. Isso é só pra quem não precisa trabalhar. Também você já sabe fazer o mais importante, para que estudar — alegava ele.

E Lourdinha sempre pensava que se um dia tivessem um empregado, se um dia crescesse e fosse à escola noturna, se um dia...

O tempo foi passando. Suas roupas eram as piores possíveis, mas ela acreditava que, como na história da Gata Borralheira, haveria de encontrar um príncipe que a tirasse daquela miséria. A mãe já tinha quatro filhos com Ancelmo, que a tratava como se ela fosse uma vaca para parir bezerros. Estes não precisavam trabalhar, iam à escola.

Quando Lourdinha estava com 16 anos, surgiu a oportunidade.

— Você é bonita e gosta de trabalhar. Eu também. Quero deixar isso aqui, começar vida em outro lugar. Vai esperar os 18 anos para se livrar do seu padrasto? — perguntou Marcelo quando ela o atendia no balcão do bar.

Não, ela não ia esperar. Sabia que a mãe nada faria por ela e o padrasto a queria como mão de obra.

São Gonçalo era bem longe. A mãe não a encontraria. Quem mais iria preocupar-se com ela?

Partiram. Ele era bonito, ambicioso, cheio de ideias e a desejava.

No começo, era muito difícil. Ela levantava de madrugada, preparava as quentinhas que ele levava para vender. Enquanto ele saía, ela limpava tudo, cuidava da roupa, da casa

À noite, enquanto Marcelo estudava por módulos para conseguir uma colocação, ela preparava tudo para adiantar as quentinhas para vender no dia seguinte.

Seu carro-chefe era sempre a feijoada. Todo mundo adorava e, nos fins de semana, quando o pessoal podia comer sem preocupação com hora ou dieta, ela caía muito bem. Não havia quem não apreciasse a iguaria com pedacinhos de laranja, torresmo à parte, farofa apetitosa. E ela sempre reservava a do grande amor, Marcelo, mesmo que deixasse toda a carne para ele e ficasse só com o feijão e a couve.

— Ele é inteligente, tem talento pra vender. Precisa de estudo.

Para fazer o que eu faço não é preciso estudar — falava ela quando alguém perguntava por que ela não estudava também.

Chegou um momento, porém, em que ela começou a pensar diferente.

Ouviu Marcelo conversando com um amigo.

— A Lourdinha é uma ignorante. Acha que eu vou levá-la no almoço da turma? Claro que não. Por isso disse que era só para o pessoal que vendia lá no centro, sem parentes — falava ele.

— Você devia incentivá-la a estudar também — fez o amigo.

— Pra quê? nem sei se ela dá conta. Também é o tempo em que ela está preparando as quentinhas. Se ela estudar não trabalha — continuou o outro.

Então era isso: ela só servia para trabalhar. Todo mundo pensava a mesma coisa?

E se ela não pensasse? E se ela achasse diferente dos outros?

Sempre que ela ia à igreja, o padre falava no curso de alfabetização que estava acontecendo lá. Resolveu informar-se. Fez a matrícula.

Decidiu que não falaria nada.

Começaram as aulas e — que espanto! — Lourdinha aprendeu mais rápido do que toda a turma! Era pra lá de inteligente.

A professora emprestava revistas que ela devorava.

— Agora você deu de ficar olhando gravura em revista e não toma mais conta das minhas coisas — reclamou Marcelo, chegando em casa atrás de uma camisa que estava lavada mas não passada.

— Eu não estou olhando gravura; estou lendo e a camisa está lavada, é só você passar — fez ela sem tirar os olhos da reportagem que lia sobre Maria Quitéria.

No fundo, ela esperava que ele se espantasse, que a admirasse e ficasse feliz por ela. Só que saiu tudo diferente.

— Desde quando jumento lê? — ele perguntou dando risada.

— Jumento eu não sei, mas eu leio.

Virou uma página e começou a ler para ele ver que era verdade.

— Você decorou isso de onde. Sua cabeça só dá para receita de cozinha, mulher, sei disso. Não se importe. Gosto de você assim — insistiu ele e saiu andando.

Não sabia ele que aquilo a provocava mais.

Ela também usava a leitura para pegar receitas, dicas para deixar a casa mais limpa e aprender muito sobre a história de mulheres como Wangari Mathai, Clementina de Jesus, Elza Soares e tantas que tornaram seus espelhos.

Um dia, a leitura acabou de derrubar seu mundo que já andava meio caído. Uma carta destinada a uma amante ficou esquecida no bolso da calça e ela leu. Descobriu que ele pretendia casar-se com a outra e colocá-la para fora, afinal o trabalho dela qualquer empregado poderia fazer.

Ela já o notava reclamando sempre do que ela não fazia, evitando-a, sem o carinho de antes.

Depois de chorar bastante, ela entendeu que precisava reconstruir o mundo caído. Reconstruir sozinha, ou melhor, com o que havia aprendido agora.

Procurou emprego em um botequim e conseguiu. Só então avisou que estava partindo.

— Olha, essa carta você esqueceu de despachar. Ficou no bolso da calça — ela avisou antes de ir embora.

— Vai me dar menos trabalho. Nem vou ter que mandar buscarem como a Bertoleza — debochou Marcelo quando viu, despeitado, que ela, de fato, partia.

Foi osso no início. Trabalhando e estudando, poucas horas de sono, muita dureza. Não faltou, contudo, ajuda e apoio de professores, colegas. A galera se reunia para estudar, uns tiravam as dúvidas dos outros. E como ela era boa nas exatas!

Um dia, ela tomou coragem e perguntou a Mirtes, professora de Português, quem era Bertoleza. E Mirtes contou a ela, resumidamente, a história da personagem de Aluísio Azevedo no livro *O Cortiço*. A mestiça escrava que fugira para conseguir liberdade e caíra de amores por João Romão, um português que decidira abrir uma pensão no Rio de Janeiro. Ela cozinhava, cuidava de tudo para ele, enquanto ele só ficava mais rico. Construiu um cortiço atrás da pensão, juntava cada vez mais dinheiro, melhorou a casa, sempre com muito trabalho de Bertoleza, que o amava. Não teve, no entanto, a lembrança para uma carta de alforria, que, afinal, era muito cara.

Encantou-se por uma jovem branca, de classe média, solteira e muito mais moça do que ele ou a companheira e, simplesmente, como ela passaria a ser um empecilho em sua vida, localizou os proprietários da escrava e entregou-lhe o paradeiro. Mais chocada Lourdinha ficou ao saber que Bertoleza suicidara-se diante de todos para não voltar a ser escrava.

— Mas ela nunca tinha sido livre — comentou pensativa.

— É fato, só que antes ela não sabia disso — argumentou a professora.

— Pois o Marcelo tem razão. Não vou ser igual à Bertoleza — acentuou ela.

Logo estava vendendo as próprias quentinhas, depois veio um pequeno restaurante. Estudou gastronomia, contratou uma colega que havia se formado em nutrição para trabalhar com ela.

No restaurante Feijão e Amigos, referência ao caldo com salgados muito comum em dia de feijoada, a cozinheira talentosa e inteligente preparava um ambiente com a cara do povo do Rio.

O bairro de Trindade, em São Gonçalo, ganhou um recanto simples e alegre, divertido, com boa comida, tendo como carro-chefe a feijoada, é claro, mas com outras delícias, inclusive feijoada vegetariana, para ninguém ficar de fora.

Fez um cantinho com livros para as crianças que assim teriam com o que se distraírem enquanto os pais conversavam.

— Quando eu era criança, tinha de trabalhar. Não sabia ler. Ter essa oportunidade é muito importante. A gente viaja e aprende lendo.

Quero que todas as crianças tenham a chance que eu não tive — ela dizia.

Marcelo nem a reconheceu quando chegou na porta do restaurante e viu quem era a dona. Estava vestida elegantemente, com os cabelos arrumados, as unhas muito bem feitas.

— O que você está fazendo aqui? — perguntou confuso.

— O restaurante é meu. Onde esperava que eu estivesse? Atrás do balcão ou no fogão? Você foi a maior lição da minha vida, Marcelo, inclusive quando falou na Bertoleza. Fez eu tentar descobrir quem era essa pessoa e eu descobri que ela era eu. Essa Bertoleza aqui, porém, virou a própria mesa e deu outro fim à sua própria história — fez ela sorrindo simpática, recebendo o pessoal da empresa onde o ex-companheiro trabalhava e que escolhera o restaurante para uma confraternização.

Não demorou muito para Lourdinha perceber que o ex-companheiro era subordinado da atual mulher, o que não seria nenhum problema se ela não se valesse disso para humilhá-lo.

"Ora, ora, parece que ele anda comendo coisa indigesta agora. Bem, a vida é assim: não dá para a gente comer só o que gosta, tem que comer o que tem" — comentou Lourdinha consigo mesma.

A mãe, agora, morava com ela. Afinal, mais velha e sem poder trabalhar, Ancelmo não a queria. Lamentava o fato de a filha não ter um marido.

— Mãe, cada um na vida foi talhado para uma coisa. Pode ser que um dia eu tenha um companheiro, mas, para gostar verdadeiramente de alguém, é preciso que eu goste de mim e não queira um homem para me servir. Do contrário, acabarei encontrando um que também quererá ser servido. Amar é cooperar, é ser tão importante para o outro como ele é para você — dizia ela, alimentando sonhos tanto quanto alimentava estômagos.

E por que ela não podia alimentá-los se tinha sido alimentando os seus com muito trabalho que ela chegara até ali?

Pilão

A família Leite, gente do interior mineiro, tinha por tradição socar a paçoca da Semana Santa no mesmo pilão. Era o pilão que seu Nestor tinha feito para dona Joaquina, sua mulher, e que era cedido a filhas e noras, pois cada um fazia sua paçoca.

— Vó Quinota, a mãe mandou buscar o pilão — era um neto chegando.

— Está na casa de sua tia Eulália. Pega lá. Diz que eu mandei entregar. Já está lá há muito tempo — respondia a avó.

O menino ia, o pilão era passado e tudo seguia até a Quinta-Feira Santa, quando então tudo tinha de estar pronto, porque na Sexta-Feira Santa não se podia socar paçoca. Aliás, não se podia fazer quase nada, só a comida, porque, como geladeira era um luxo que não tinha chegado lá, era preciso cozinhar para ter o que comer.

Um dia, Angélica chegou na casa de seu Nestor e dona Quinota. Era uma parente distante do dono da casa. Distante mesmo, vinda de Roraima.

O irmão de seu Nestor tinha ido trabalhar no garimpo, no norte do Brasil, deixando aqui a família. Só que quis constituir outra por lá e nasceu Angélica. Durante um tempo, ele omitiu a informação de todo mundo. Mas a mãe da menina morreu e os avós o pressionaram, ameaçando contar tudo à mulher. Ele não teve outra solução, senão trazer a menina.

Com sua pele morena, seus cabelos pretos, muito lisos, sua sobrancelha muito fina, Angélica chamava a atenção por ser tão diferente de todo mundo.

Mas dona Irma, mulher do garimpeiro, não suportou ficar muito tempo com a menina.

— Você leve daqui essa sua menina que é diferente de todos os meus filhos. Ela parece índia, não parece gente — dizia a mulher com ódio.

Mais uma vez, Angélica não tinha casa, não era desejada.

— Resolvo isso para você, meu irmão. A menina fica aqui e vira cria nossa — sugeriu o bondoso Nestor.

E ele acreditava mesmo nisso. Dona Quinota sugeriu que a menina os chamasse de tios, cuidou dos piolhos dela e deu-lhe cama. Uma com colchão de crina de cavalo perto da cozinha. Isso facilitava tudo, já que de manhã era mesmo Angélica quem punha a ferver a água do café, da comida, da louça engordurada. A lenha ela não rachava não que era serviço muito pesado.

— Vou ensinar a ela tudinho para que fique uma moça boa pra casar quando crescer. Vai ser criada como se fosse nossa filha — dizia dona Quinota.

O "como se fosse", pelo visto, complicava um pouco as coisas. As filhas do casal frequentaram escola, mas Angélica era só como se fosse, então não teve essa oportunidade.

— Tem muito serviço aqui em casa e preciso dela — alegava dona Quinota.

E Angélica ia crescendo. As primas a apresentavam como "cria da casa", nunca como prima. A comida era a mesma, mas a mesa não. Ela comia na cozinha depois da mesa servida. Ganhava roupa nova quando todos ganhavam, mas o tecido nunca era igual, nem a quantidade das peças. De qualquer forma, tinha as roupas das filhas da casa, as três mais velhas do que ela, que iam ficando para ela.

— Toma Angélica, um vestido novinho pra você — e lá vinha o vestido, com alguma mancha ou puído na manga, mas nada que ela não consertasse, afinal aprendera com tia Quinota que não devia ser preguiçosa, muito menos ingrata.

As três filhas da casa se casaram e lá estava Angélica ajudando a arrumar a casa pra os almoços do casamento, preparando a comida, ajudando a olhar a primeira criança porque as mães eram inexperientes.

— Angélica, vai ajudar na casa da Gracinha esta semana por causa do resguardo dela — falava dona Quinota.

— Passa essas roupas bem passadas, Angélica, que o Armando vai viajar e precisa delas — alegava Hilda, outra filha da casa.

— Faz aquele bolo de fubá que só você sabe fazer, Angélica, que meus sogros vêm aqui hoje — pedia Norma.

Um dia, o irmão caçula de dona Quinota foi visitar a família. Era da Marinha e tinha muitas histórias para contar dos muitos lugares que visitava sempre. Trouxe presentes para todo mundo, inclusive para Angélica.

— É para mim mesmo? O senhor tem certeza?! — fez a moça sem ação.

— Sim, é uma caixinha de música. Alegra e consola a gente. É um presente delicado — disse ele sorrindo para a moça.

Quinota estava séria, mas não disse nada.

Ele tratava a moça com cuidado e atenção, elogiando sua beleza, seu tempero, seu cuidado com a casa da irmã.

— Essa moça é uma joia, viu? Vocês precisam cuidar bem dela — ele falava.

E, com esse discurso, ele convenceu a Angélica de que queria cuidar dela, de que era decente e foi ganhando sorrisos, beijos...

Um belo dia, a moça estava na casa de Norma e, quando voltou, ele simplesmente havia partido.

— Deixou lembranças para você, Angélica — fez Quinota, parecendo aliviada com a partida do irmão, pois o sabia mulherengo.

— Deus do céu! o que está acontecendo comigo? as regras não vêm... — alarmou-se Angélica.

E alarmaram-se também Nestor e Quinota, mandando a moça para trabalhar temporariamente no convento próximo.

Nasceu Fernando que era a cópia do pai. Angélica ainda tivera esperança de que, se soubesse escrever e escrevesse ao irmão de dona Quinota, ele viria buscá-la, afinal ele a tinha elogiado tanto e era um filho dele.

Conseguiu que uma das freiras a ajudasse e a carta foi mandada.

— Tenha juízo, Angélica. Meu irmão agora pensa que você é uma índia interesseira e preguiçosa, que arranjou um pretexto para morar na capital e viver no conforto. Ele nunca disse que se casaria com você.

Você nasceu para ficar aqui com a gente, menina desmiolada. E, como seu menino é muito parecido conosco, vamos fazer diferente com ele: vamos registrá-lo como nosso filho adotivo e você nunca vai dizer que é mãe dele, entendeu? Vai voltar lá para casa, que o padre diz que é pecado entregar criança tão bonita no orfanato dos enjeitados. Você cuida dele e fica perto dele, só que bem quietinha, até porque você não tem como dar nome a seu filho — explicou Quinota. O irmão lhe escrevera indignado com a carta que a moça tinha mandado para ele, cheia de sonhos, falando do filho, lembrando as promessas feitas.

Como o menino fosse muito parecido com a família e os filhos do casal já estivessem quase todos casados, ficou decidido que ele ocuparia um quarto dentro da casa. Para todos os efeitos, ele tinha sido apanhado no orfanato e o gesto do casal era maravilhoso, criando uma criança depois de ter cuidado de uma família inteira.

Passado o resguardo de Angélica, tudo voltou ao normal, sendo ela liberada apenas para cuidar do bebê que amamentava às escondidas para que ninguém desconfiasse. Nesse período, ele ainda ficava no mesmo quarto que ela porque precisava de seus cuidados. O irmão de dona Quinota mandava algum dinheiro e o menino vestia-se com mais esmero.

Eram comprados brinquedos e mimos para Fernando.

Crescendo e vendo a diferença entre Angélica e sua mãe adotiva, porém, Fernando interessou-se mais por Quinota, que sempre lhe dava presentes, ainda que fosse Angélica quem cantasse para ele dormir, lhe fizesse os gostos na cozinha, cuidasse de seus machucados e o levasse para sua cama quando ele tinha pesadelos.

— Por que você tem que ir para a casa da Gracinha? — ele perguntava.

— Porque ela precisa de ajuda com os meninos e as visitas. A família do Augusto está lá — falava ela.

— E lá você não vai ter tempo pra brincar comigo? — falava ele parecendo um reizinho.

— Só à noite, quando o serviço acabar.

Ele ficava e Angélica trabalhava desde a manhã até a noite, preparando bolos, o que sabia fazer muito bem, as refeições, lavando a roupa de toda a família e das visitas.

Estas iam embora e era hora de socorrer a Hilda, que acabara de fazer uma cirurgia e não podia fazer esforço. O trabalho continuava.

— Angélica, preciso desse vestido bem engomado.

— Angélica, hoje é dia de trocar as roupas de cama.

— Angélica, mate dois frangos para amanhã e limpe bem. O Ricardo está com vontade de comer galinha ao molho pardo e gosto de galinha morta em casa.

Então, Claudinha, filha da Norma, ficava doente e Angélica ia para a casa dela. Ô menina cheia de vontades!

— Angélica, não quero jantar. Faz uma sopa.

— Angélica, ela precisa de ajuda para tomar banho.

Para as casas dos filhos de dona Quinota não ia. As noras temiam que ela desencaminhasse seus santos maridos, pois acreditavam que eles já tivessem se interessado por Angélica.

— Esse negócio de cria da casa todo mundo sabe no que dá. Essa moça não é de confiança — elas diziam.

— Você é que nem o pilão da família. Cada hora está na casa de um e quando o outro precisa manda te buscar? Você está sempre trabalhando na casa de alguém? — perguntou Fernando certa vez.

— Que ideia, menino! igual ao pilão... — fez ela surpresa com a comparação.

— É sim. Só se lembram de você pra trabalhar — insistiu ele.

— Não sou preguiçosa. Dona Quinota e seu Nestor foram muito bons comigo e não posso deixar de ajudar. Não seria certo — fez ela mais para si mesma, tentando convencer-se de que era isso.

Só que o pilão era cuidado, limpo, ela mesma cuidava dele. Ele só trabalhava em certas épocas do ano, normalmente gerido pelas mãos dela.

Ela... era filha de uma índia preguiçosa e aproveitadora. Nunca mais tinha ouvido falar em seu pai nem podia perguntar por ele. Então, tinha de mostrar-se grata por ter sido acolhida com tanto carinho.

O tempo continuou passando, Fernando foi para a escola, afinal ele tinha o sobrenome da família e as leis eram outras. Não se podia ter uma criança fora de escola.

Seu Nestor ficou doente, sem poder sair da cama. Era Angélica que lhe dava banho, vestia, levava para o sol, dava as refeições. Foram dez anos assim até que ele partiu deste mundo.

Mais cinco anos e foi dona Quinota quem adquiriu um câncer de bexiga que obrigava Angélica a trocar diariamente suas roupas de cama.

— Fernando, tenho algo a lhe contar muito importante — fez ela para o rapaz que tinha estudado e agora vivia na capital.

Contou sobre quem era sua mãe de verdade.

Dona Quinota morreu, a casa foi vendida, o dinheiro dividido. Dividido entre os cinco filhos de sangue, é claro.

— O pilão pode ficar lá em casa que tem espaço para guardar. Quando vocês precisarem, é só pedir — fez Hilda.

— E a Angélica? fica onde? — alguém perguntou.

— Com o Fernando, ora. Não é mãe dele? — sugeriu Mário, um dos filhos.

— Você é pior do que o pilão. Por que nunca procurou uma escola noturna, nunca se interessou por estudar? Você é burra e vai ficar a vida inteira rodando na casa dos outros por isso — advertiu Fernando quando viu que a mãe nada teria a receber.

A moça se perguntava a que horas estudaria se trabalhava da manhã até a noite. Como faria isso se, quando o serviço acabava estava morta de cansada. Mas, se o filho, que tinha estudado, dizia que ela era burra, devia mesmo ser.

— Ela pode ficar lá em casa. Tenho todos os filhos em casa ainda e vai ser de grande ajuda — lembrou Norma.

E a situação não mudou, com pausa apenas quando ela teve de fazer cirurgia por duas vezes.

— Essa moça é muito relaxada. Precisa cuidar-se mais para não chegar nesse ponto. Bem que dizem que índio é uma raça preguiçosa — alegou o marido de Norma quando a moça teve de operar o útero.

Mas ela se recuperava, voltava a fazer os bolos de que a família gostava e tudo ficava "certo".

— Operamos as varizes, dona Angélica, mas é preciso fazer algum repouso com essas pernas — orientou o médico.

O repouso foi feito por duas semanas. Depois, contudo, as atividades voltaram. Afinal, ela não era preguiçosa. Por vezes. no fim do dia, a perna estava vermelha e dolorida, mas o repouso da noite trazia tudo de volta para o lugar onde tinha de estar e ela de volta para a cozinha ou o tanque.

Ela chegou mesmo a visitar o filho algumas vezes na capital quando ele se casou, quando nasceu o primeiro filho e foi de grande ajuda à nora.

— Olha, só não diz a ninguém que você é minha mãe. Não fica bem pra mim ter uma mãe tão... tão da roça. Continua dizendo que você é cria da casa da minha mãe e evita aparecer na sala quando eu estiver com visita, tá? — orientou o filho.

Ela não se incomodava, afinal o importante era que o filho estava bem, teria um futuro diferente. Ela cumpria seu papel de pilão, a cada hora servindo na casa de um, fingindo acreditar que todos a queriam por perto. Sabia o bolo de preferência dos três netos: laranja para Natália, banana para Theo, chocolate para Rafael.

Começava, lentamente, a sentir que não conseguia mais dar conta da quantidade de serviço nas casas. Fazia de tudo, porém levava mais tempo para produzir agora, mas ninguém reclamava.

— Não tem pressa, Angélica. A hora que você terminar, terminou. O importante é que fique bem-feito e nisso você é impecável — diziam todos.

Com a nora, não era diferente. Por sorte, agora, havia máquina de lavar roupa, enceradeira. Mas havia as refeições da casa, os bolos infalíveis, a roupa a passar, a costurar, cozinha, banheiro, escada para limpar, nada disso faltava.

O pilão tinha dado cupim. Hilda acabou deixando largado, um mendigo o utilizou como vaso sanitário e tiveram de tocar fogo nele, acabando com a tradição da família. E o pilão humano? E Angélica? Que fim teria?

Papai Noel e a contradição humana

No conto "A Igreja do Diabo", Machado de Assis, um de meus autores preferidos, fala dos sentimentos contraditórios do ser humano, que, apesar de viver envolto pelo egoísmo, sente uma grande vontade de ajudar e ser altruísta, quando percebe que esta possibilidade lhe é tirada. É divertido. Leiam.

Para mim, Papai Noel é um grande representante da contradição humana. Extremamente capitalista e falso, ele promete presentes a quem se comporta bem, mas só traz para aqueles que podem pagar. Facilmente subornável, na hora em que o cartão de crédito é aprovado, ninguém pergunta se a criança comportou-se bem ou não e, mesmo que os pais digam o famoso "Você não está merecendo mas esse ano passa", todo mundo, principalmente a própria criança, sabe que no próximo ano acontecerá a mesma coisa, afinal se tem uma coisa que Papai Noel nos ensina é que é muito humilhante "para nós" que nosso filho fique sem pelo menos um presente de Natal dos bons e caros. Tem criança que ganha mais de um.

Não sou capaz de me lembrar de ter de fato acreditado em Papai Noel. Lembro-me de que aos quatro anos já sabia que aquilo era uma brincadeira e ficava tentando entender qual era a ligação dele com Jesus, já que não tinha ele no presépio. Meus pais eram muito realistas conosco e, embora até houvesse enfeites com o velhinho mórbido, sabíamos, desde... acho que desde sempre, que era só uma brincadeira. De infância pobre e sem ilusões, meus pais não achavam legal ficar alimentando essas ideias e nos lançavam perguntas como: "O que terão feito de mal essas crianças que moram na rua ou em casas tão pobres para não merecerem nem um presente de Papai Noel?"

Já era a semente da rebeldia implantada em nossas mentes pela própria família.

Natal era tempo de mesa farta, de dividir com os primos o que se tinha, de fazer doações para que todo mundo pudesse ter algo para comer.

Para meus pais, a mesa, sobretudo a que recebia outras pessoas, era um espaço de congraçamento, um local onde deveríamos estar bem e alegres.

Mas fomos convivendo com ele, o Papai Noel, vida afora, ele lá e eu aqui em uma relação apenas educada. Reconheço que ele foi útil quando minha irmã convenceu meu sobrinho a deixar a chupeta para que Papai Noel a levasse para uma criança pobre, sem chupeta e deixasse o boneco que ele desejava.

Continuo, porém, achando muito contraditório colocar ao lado da imagem de um ser que pregava a simplicidade, de alguém que veio à Terra em uma manjedoura, filho de um carpinteiro, que não tinha nada de seu, aquele que enche os shoppings, que faz as pessoas se irritarem e se estressarem no Natal, enquanto o outro era todo mansidão. Vemos lado a lado, a pobreza e a opulência, quando trazemos Jesus e Papai Noel para o mesmo evento. Não importa qual seja nossa convicção religiosa. É sabido que Jesus era pobre e nunca se importou com isso. Por certo os brinquedos que teve durante a infância foram feitos por seu pai, José, compartilhados com os vizinhos, sem exibicionismo, e sua mãe não tinha tempo para medir se o presente de seu filho era mais valioso do que os das outras crianças.

As mensagens de Natal falam em compartilhar, amar, perdoar, abraçar e eu pergunto: o que Papai Noel está fazendo ali?

Inserido à força nesse contexto que deveria atender a outros interesses de nosso espírito, ele se integrou por causa de nossa contradição. Símbolo de fartura, com Europa e Estados Unidos temendo pobreza por causa dos invernos rigorosos, ele acabou ganhando o espaço da ilusão que povoa nossos pensamentos. A criança tem ilusão e os adultos mais ainda, porque acreditam estar deixando as crianças felizes, acreditam que vão conseguir pagar o cartão de crédito, acreditam que vão dar conta do consignado.

Em janeiro, no entanto, quando a carruagem vira abóbora e a realidade se mostra, a fatura do cartão chega, ninguém receberá outro décimo terceiro (o que havia já foi consumido), os adultos estão de cabeça inchada de tanto beber, comer coisas excessivamente gordurosas e pensar como saldarão as dívidas e as crianças já enjoaram do brinquedo.

Pelo menos, se não enjoaram, não deixaram de ter outros problemas que, muitas vezes, seus pais nem notaram por causa do brinquedo.

E onde está o velhinho, mais falso que nota de três que não vai ajudar ninguém em nada nessa hora? No polo Norte ou sei lá onde. Ele desaparece completamente e ninguém encontra nem uma rena de plantão para mandar um recado. Os celulares dos duendes estão desativados, nem WhatsApp, nem Facebook, nada. Só voltamos a revê-lo no final do ano, quando tudo está bem novamente ou, pelo menos, já estamos em condição de disfarçar de novo. Ele é um aproveitador. Junto com ele, podem tornar-se igualmente aproveitadoras as crianças, que, muitas vezes, já entenderam toda a verdade sobre Papai Noel, inclusive aquela que os adultos não querem entender: que sua única função é incentivar o comércio. Essas crianças, então, caso não se perceba sua esperteza, o que é bem comum, passam a chantagear os pais, exigindo presentes caros e esses, no afã de não retirar a ilusão delas, fazem imensos sacrifícios para lhes dar não o de que precisam, mas o que desejam.

Lembro-me de um amigo, Fernando, contando sobre um evento ocorrido no shopping há três anos. Ele nunca foi muito partidário do incentivo às histórias de Papai Noel, mas a mulher, julgando que isso incentivaria a criatividade nos filhos, estimulava a tradição. Certo dia, estavam no shopping: ele, Cinthia (a esposa) e a filhinha Alice, na época com quatro anos. De repente, quem se aproxima: o próprio, com sua risada e os

braços abertos.

Ressabiada pelas recomendações de casa, Alice se encolhe e gruda no pai.

— Ô menininha linda. Vem cá. Você não quer tirar uma foto com Papai Noel? — fez ele cheio de simpatia.

— Mas eu não conheço você. Eu não posso, não é, papai?, ficar falando com gente estranha — fez a menina, muito segura de que estava fazendo o certo.

— É só uma foto, filhinha. E eu e seu pai estamos perto. Não tem perigo — fez a mãe, querendo contemporizar. Infelizmente, temos que admitir que mesmo as pessoas de quem gostamos, às vezes, por interesse e aparência, perdem literalmente a noção do perigo. Cíntia, como a maioria de nós, queria uma foto bonita da filha com Papai Noel no shopping.

— E eu não sou estranho. Sou amigo de todo mundo — insistiu Papai Noel sorridente.

— Você nunca foi na minha casa. Os amigos do meu pai e da minha mãe vão na minha casa. Eu só conheço você de foto — decretou ela virando o rosto, deixando claro que a foto não iria rolar.

— Assim, como você vai ganhar presente de Natal? — insistiu a mãe, que estava louca pela foto.

— Ele não tem como me dar nada, mãe. Você não sabe que é mentira?

Lá em casa, você e o papai trabalham e vocês não conseguem comprar tudo o que a gente quer, como é que ele, sozinho, sem trabalhar o ano inteiro, vai comprar presente para todas as crianças do mundo?

Alice merece ser aplaudida de pé. Bom senso superior ao dos adultos, discernimento e maturidade econômica melhor do que a de muita gente que conheço.

Sem solução, Cíntia pediu desculpas e a família se afastou, pois Fernando já não estava aguentando de vontade de rir.

Fico sempre me perguntando até quando acharemos bom nos anestesiarmos com ilusões e estimularmos nossos jovens a fazer o mesmo.

Nós permitimos que a figura de Papai Noel, como tantas outras, crescesse e ganhasse um espaço de muita importância em nossa vida e isso não tem nada a ver com folclore. Agora, só nós podemos reverter esse processo e modificar isso, aposentando o pobre velhinho. Já virou exploração ao idoso pelo tempo que ele tem de trabalho.

Proponho que, não importa qual seja nossa convicção religiosa, mesmo que ela não seja nenhuma, olhemos o Natal como um momento para olharmos o outro, pensarmos no outro, ouvirmos, compreendermos, perdoarmos o outro. Vale lembrar que Betinho, ateu, promovia o Natal sem Fome, movimento que, infelizmente, precisou retornar nos últimos anos.

Vamos retornar Papai Noel para o mundo das ilusões, onde é seu lugar, e trabalhar para fazer de nossa realidade algo mais belo, não apenas no Natal, mas sempre. Deixemos de lado o medo de nossos sentimentos de fraqueza. Assumamo-los e reconheçamos que os outros também os têm.

Sejamos mais solidários para compartilhar o pão, o vinho, o ombro, o colo e veremos que podemos trazer muito mais alegria ao nosso próximo.

Vizinhos

Após a Segunda Grande Guerra, o Brasil foi um dos países escolhidos para ser o oásis no deserto de muita gente sem terra, sem lar, sem esperança pelo mundo inteiro. O interior de São Paulo já era promissor e podia garantir espaço para quem buscava a indústria, a agricultura, a pecuária.

Numa das cidades desse estado, vamos encontrar duas famílias: os Kelman e os Adjanih. Os primeiros vieram da Holanda, conheceram até o pai de Anne Frank e conseguiram chegar aqui com muito sacrifício e um pouco de sorte, que, em minha opinião, é o nome que Deus usa quando não quer parecer que favorece mais a uns do que a outros. Na verdade, ele não favorece. O caso é que cada um tem sua história e alguns precisam ter uma nova oportunidade para mostrarem que aprenderam a lição, que o sofrimento os tornou mais humildes, preocupados com o ser humano, independentemente da raça. Outros terão outras oportunidades da maneira que só Deus, que é pai e ama a todos, sabe fazer.

Então, os Kelman aqui chegaram estropiados, mal nutridos, não falando uma palavra de português. Pai, mãe, avó paterna e três crianças: Sarah, Isac e Moisés.

Todo mundo foi trabalhar nas lavouras de frutas do lugar e o empenho no trabalho era indiscutível. Como houvesse outras famílias judias na cidade, logo surgiu uma sinagoga.

— A terra da promissão, para nós é esta aqui. Cada um encontrará a sua e precisa aprender a ser grato — dizia Judith, com sua sabedoria anciã.

-- Pensei que nunca mais veria meu marido e meus filhos. Já não tenho mais queixas. Agora, é só trabalhar — declarava Messode.

— Vamos prosperar e viver em paz, pois este povo não é hostil — falava Jonas aliviado.

Na mesma época, chegando do Marrocos, vieram os Adjanih: seu Gabriel, a filha, Mariam, o genro Fazil e os netos: Leon, Omar e Fátima.

— Aqui, todos pensarão que é viúva, filha, e não haverá perseguição, pelo menos não como lá. Não poderíamos consentir que te fizessem mal por aquelas ideias que não deveriam ter mais lugar no mundo de hoje — falou seu Gabriel à neta, Fátima.

A moça enjoara a viagem inteira, mas ainda não era possível adivinhar seu estado.

— Já vi boas possibilidades aqui para abrirmos nosso negócio e nossa família continuará unida — comentou Fazil esperançoso.

— Clima bom, ameno, bastante chuva... posso plantar legumes e flores. Será o jardim de Alá — exultou Mariam grata e feliz.

Veio o tempo da escola e não há melhor lugar para se testar a tolerância, a aceitação, o respeito à diferença, a amizade sincera, livre ou, pelo menos, querendo libertar-se de preconceitos.

Leon e Isac eram da mesma turma e, logo de cara, não se olharam com desprezo, e sim com curiosidade.

— Salam alei cum! — fez Leon, cumprimentando o outro no caminho para a escola.

— Você está me xingando? — irritou-se o outro.

— Não, estou te cumprimentando. Eu disse: a paz esteja com você — respondeu Leon tranquilamente.

Isac sorriu.

— Shalon — respondeu. — Eu disse a mesma coisa.

Riram os dois.

— Ainda bem que nós dois falamos português — brincou Leon.

— Ainda bem que queremos nos entender — fez Isac.

Seguiram caminhando juntos até a escola. Assim que entraram, David Salgerman, outro menino judeu, aproximou-se e colocando o dedo na cara de Leon, berrou:

— Que é que você quer com o Isac? Vai roubar ele? Vocês, árabes, só sabem roubar.

— Para sua surpresa, porém, Isac saltou entre os dois.

— Que é isso, David: quando fomos recebidos aqui, o prefeito não disse que agora éramos todos brasileiros? Além disso, minha avó sempre diz que a ninguém não pode condenar sem conhecer. Como é que você sabe que ele é ladrão? — disse Isac, defendendo o amigo.

David recuou sem dizer mais nada.

— Puxa! você me defendeu mesmo — fez Leon admirado.

— Ele nem te conhece, como te acusa assim? — falou Isac tranquilo.

No mesmo dia, conversando como amigos que querem se conhecer melhor, Isac e Leon descobriram que eram vizinhos e adoraram a ideia.

— Mãe, você sabia que o menino aqui do lado é meu colega de turma? — comentou Isac todo contente.

Messode amarrou a cara.

— O menino aqui do lado, é? Você sabe que essa família vizinha é uma gente com quem não se pode ter intimidade, não sabe? — insistiu ela.

— Por quê?! — fez o jovenzinho com espanto.

— São árabes, meu filho. Essa gente não é confiável — insistiu ela.

— Mãe, o mesmo povo brasileiro que nos recebeu, recebeu a eles também. Confiaram neles. Por que não podemos confiar também? A senhora está parecendo o David Salgerman que quase quis bater no Leon — protestou o menino um tanto decepcionado.

— Bater não é certo. Não temos que fazer nada contra eles se não nos fizeram nada. Mas daí a ser amigo vai uma certa distância — reclamou a mãe séria.

— Nossa, o Isac é tão legal. E mora tão perto da gente, bem aqui do lado. Podemos ir e voltar juntos da escola — comentava Leon animado.

Mariam reclamou.

— Você sempre andou sozinho. Por que tem de andar com esse menino? esses judeus estão sempre querendo nos humilhar — disse aborrecida.

— Mas, mãe, aqui está todo mundo tentando se reerguer e não ficar julgando o outro. Vocês brigam por uma terra que nunca será de vocês e isso é uma bobagem — falou Leon intrigado.

— Você tem pena deles por causa da guerra? Pois saiba que eles nunca tiveram pena de nós quando os alemães nos estropiaram. A única pergunta deles sempre foi: isso é bom ou mau para os judeus? — insistia ela.

— Mas, se a gente não concorda, se a gente acha que isso é errado, a gente não deveria agir diferente? — continuava o menino, tentando fazer a mãe refletir em vez de repetir discursos.

— Olha, você converse com seu pai e tenho certeza de que ele também não vai gostar nada de você com esse judeu. Eles não nos respeitam, as mães querem mandar nos filhos homens, mesmo que sejam adultos, mulheres e homens sentam-se à mesa juntos, não há uma hierarquia... — indignou-se Mariam.

***

Os dias foram passando e, na casa dos Kelman, a amizade dos dois meninos trouxe uma séria conversa na família.

— A outra escola é muito longe, mas, mesmo assim, talvez seja preferível ver nosso filho longe dos demais meninos judeus do que perto dessa gente esquisita. Ele poderá conviver com os seus na sinagoga. Essa amizade vai acabar por deixá-lo rebelde. Ele já enfrentou outro judeu para defendê-lo e onde isso vai parar? — comentou Messode preocupada.

— Parece que a tal Fátima, irmã daquele menino, tem uma viuvez mal explicada. O que essa gente quer? Gente que tem coisas a esconder não é bem-vinda — comentou Jonas com ar intrigante.

— Vocês parecem esquecidos de tudo o que vivemos. Prometeram união, trabalho pela paz, deram graças pela vida e agora vão preocupar-se com ninharia? E se a moça for solteira? Quem somos nós para criticar? Você se esquece da minha própria história, meu filho? Ao menos, eles tiveram o ato bondoso de não entregá-la ao apedrejamento, como é o costume do povo deles. Por amor a ela, eles mentem e acho isso muito louvável, se for verdade, porém acho que temos muito mais a descobrir do que a vida íntima dos outros. Deviam ter orgulho de seu filho — falou Judith com autoridade de quem, além de mais velha, já tinha vivido o bastante para saber que certas picuinhas não valem a pena.

Na casa dos Adjani as coisas não eram diferentes. Saboreando quibe com coalhada, Mariam, Fazil e Gabriel falavam sobre o caso.

— Por que nosso filho tem de andar grudado com aquele judeu se há outros meninos na escola? Ficam os outros judeus dizendo que ele é espião, que é intrometido, imitando ele... Não há nenhuma necessidade de ele aceitar esse tipo de humilhação. Vou até aquela escola reclamar disso — comentou Fazil indignado.

— Já cansei de falar sobre isso, mas ele não me ouve. Crescendo, ele não dá mais valor ao que fala sua mãe. Acha que, por estar no Brasil, os judeus serão melhores com ele — choramingava Mariam.

— Achei que tivéssemos vindo para cá para vivermos tempos mais misericordiosos, para aprendermos também a vermos a todos como irmãos, pelo visto, no entanto, não é isso o que buscam. Querem a misericórdia para vocês, mas não se mostram dispostos a dividi-la com ninguém.

Lembrem-se de que Isac, não me olhem com essa cara. O amigo de Leon tem nome, o Isac o defendeu, colocando-se contra os outros judeus por causa dele. Parece-me que isso significa alguma coisa. Não acham que já vivemos sofrimentos demais para ficarmos presos a uma guerra que não dará nada, nem a nós nem a eles? — manifestou-se Gabriel, colocando toda a sua sabedoria a favor da amizade sincera entre o neto e o vizinho.

As famílias acabaram aceitando por instâncias dos velhos avós, contudo viam a coisa com má vontade. Assim, Leon jamais visitou a casa de Isac e Isac nunca cruzou os portões da casa de Leon.

***

O tempo passou e ambos resolveram fazer medicina, vindo a ser aprovados para a mesma universidade.

— Alá sabe operar todas as coisas em favor da sua força — disse Gabriel quando soube que Isac iria para a mesma faculdade do neto.

Ao deixar a estação de trem, o velho marroquino, que fora despedir-se do neto, encontrou Judith. A senhora andava com dificuldade e ainda carregava uma bolsa muito pesada.

— Posso ajudá-la, vizinha? — disse sorridente.

Ela sorriu também, estendendo a bolsa.

— Dois velhos devem sempre ajudar-se. Devemos aprender com o exemplo dos jovens — fez ela, que já cruzara muitas vezes com Gabriel, mas nunca se sentira encorajada a dirigir-lhe a palavra, embora recebesse dele olhares de simpatia e respeito.

— Talvez, como diria o personagem de *Rei Lear*, estejamos velhos demais para nos tornarmos sábios — fez ele parecendo preocupado.

— Ou são nossos filhos que nada entenderam, nem com a idade, nem com o sofrimento? — continuou ela.

E os dois entabularam conversa até a porta de casa, tão animadamente que nem se deram conta de que já haviam chegado.

— Papai, que está fazendo aí? Perdeu a compostura conversando com qualquer um? — admoestou Mariam, ouvindo a voz do pai e irritando-se ao ver quem o acompanhava.

— Você é que parece não se lembrar de com quem fala, não é, minha filha? Julga mesmo necessária essa agressividade toda? não me recordo de ter lhe ensinado tamanho azedume por uma gentileza entre vizinhos. É impressionante que o preconceito tenha tirado de você a flor da urbanidade, o fruto da doçura com tanta facilidade. Alá espera filhos mais amáveis para povoar seu jardim, Mariam. Esses assim como você são os que acabam promovendo a guerra ao perderem o controle — fez o velho com um misto de tristeza e firmeza na voz e na expressão do rosto.

Messode aproximou-se para ver o que acontecia e também ficou chocada com o que viu.

— Minha sogra, é melhor entrar. Creio que não está bom que fique aí fora — falou de cara amarrada.

— Aqui está ótimo e você deveria vir para cá também. Participar de uma boa conversa com seus vizinhos, ouvi-los, trocar com eles. Sabe o que esse senhor fez hoje? Fez o que seus filhos, educados na Lei de Moisés, não fizeram: auxiliou-me com as bolsas. Eles têm muito tempo para estudar a lei e pouco para praticá-la — retorquiu Judith olhando firme nos olhos da nora.

Messode e Mariam olharam-se, talvez pela primeira vez em nove anos de vizinhança. Acabaram sorrindo uma para a outra, um pouco pelo acanhamento que a situação vexatória provocada pelos velhos propiciava, um pouco pelo efeito das palavras de ambos.

***

Na universidade, sem que os pais soubessem, Isac e Leon dividiriam o mesmo quarto no alojamento. Haviam pedido isso.

— Foi muita coisa vivida junto. Nossos pais não têm ideia de que quando eu saía e eles achavam que eu estava me divertindo, estava estudando com você, por isso consegui passar no vestibular. Você é muito melhor do que eu em química — comentava Isac.

— E você sempre melhor em biologia. Aquele parque da nossa cidade foi muito útil para os estudos, pelo menos até minha irmã Fátima nos descobrir, se bem que ela prometeu que não ia entregar a gente. Acho que ela pensou que a gente tinha um caso — fez Leon caindo na risada.

O outro riu também.

— Mal sabe ela que a gente até já brigou por causa de garota. Só não contamos em casa, porque sabíamos que, se nossos pais soubessem, a guerra ia piorar e não queríamos isso. Eles iam encontrar ali o pretexto que queriam para separar a gente de vez e a gente sabia, no fundo, que a briga não ia durar muito — lembrava Isac divertido.

— E teve aquela vez horrível e maravilhosa ao mesmo tempo, em que você me salvou daqueles meninos que queriam me fazer de mulher ali no canavial. Se você não tivesse chegado, eu estaria frito e eles ainda falavam que na minha terra pederastia era punida com morte. Vivi horas de horror, mas não contei para ninguém — lembrou Leon com tristeza.

— Não sei o que me deu. Eu tinha certeza de que estava acontecendo uma coisa ruim com você. Ainda bem que dei importância à minha intuição.

O rabino Eliasar diz que a intuição é a verdadeira fala de Deus conosco — completou Isac agora sério.

***

Sarah, formada professora, acabou por receber Laila, filha de Fátima, em sua sala de aula e viu o quanto a menina era doce, delicada, obediente, como devem ser as mulheres árabes.

Instâncias de Judith e Gabriel aproximaram ainda mais Mariam e Messode, que passaram a trocar receitas, impressões sobre plantas, informações sobre corte e costura, descobrindo aspectos positivos uma na cultura da outra, como boas vizinhas.

Na formatura do curso de medicina, Leon, orador da turma, fez questão de dizer:

— Em nosso corpo, quando células vizinhas começam a não se entender ou reconhecer-se como parceiras, semelhantes, irmãs, surgem as doenças autoimunes e o indivíduo torna-se fraco, pois seu sistema imunológico está ocupado demais brigando consigo mesmo para defendê-lo. É mais ou menos isso o que acontece quando vizinhos, que deveriam ser parceiros, irmãos, pois muitas vezes parentes e amigos estão longe demais, começam a brigar por picuinhas. Meu amigo e eu decidimos deixar de lado essa escrita e, entre outras coisas, essa nossa rebeldia nos trouxe este diploma, pois eu sempre tive facilidade para química e Isac é muito melhor do que eu em biologia.

"Unidos, conseguimos resolver as saudades de casa, as dificuldades do curso e parece que vamos nos completar, já que pretendo trabalhar com a pesquisa e ele com a clínica. Qual será a função da primeira sem a segunda e como garantir a eficácia da segunda sem a primeira? Sejamos bons vizinhos para que não tornemos nossa sociedade adoecida. Obrigado".

O sabor da palavra

Algumas coisas a gente sempre se pergunta como aprendeu e não encontra resposta melhor do que o famoso "aprendi com a vida".

Formei-me professora e fui trabalhar em São Gonçalo, em uma escola pública.

Morando em Niterói, não era difícil a locomoção, só que a turma era simplesmente enorme e heterogênea.

Logo entendi que uma das coisas que mais faltavam para aqueles alunos era leitura, já que a biblioteca da escola estava desativada.

— A gente precisa ter um espaço para mandá-los ler. Quando fica muito tumulto na sala, não tem nada que preencha mais o tempo do que leitura e cópia. Precisamos de livros para mantê-los ocupados — diziam alguns colegas.

Eu ficava doente ouvindo essas coisas. Como as pessoas podiam agir como se criança ocupasse o tempo da gente dentro de uma escola. Parecia que elas atrapalhavam, e não que elas eram nosso principal objetivo.

Nosso tempo não deveria ser dedicado a elas lá dentro? E outra coisa: livros não eram inspetores para ficarem vigiando criança travessa; livros eram, ou pelo menos deveriam ser, meios de aprendizagem, de exercício de concentração, de troca de informação. Estava tudo errado!

— Beth, se você acha isso, penso que o melhor que você tem a fazer é mostrar que aquilo em que acredita dar certo, mais do que falar — sugeriu uma ex-professora minha, quando lhe contei como me sentia naquela situação.

Entendi o recado. Peguei um monte de revistas velhas lá de casa mesmo e outras com amigos: tinha revista em quadrinho, revista de culinária, de conhecimentos gerais, de esporte. Montei o "cantinho da leitura" e instalei regras para pegarem material e ler. Também tive o cuidado de estabelecer dia para lermos histórias em voz alta.

Comecei com Ana Maria Machado, depois vieram Ruth Rocha, Monteiro Lobato, Pedro Bandeira, Eva Furnari, Méri França...

— Vocês vão me contar histórias agora. Não precisam ser de livros se não quiserem. Quero que me contem histórias. Podem ser histórias contadas por seus pais, contadas por outros professores, por seus avós, tanto faz — eu disse.

Aquilo causou um rebuliço.

As histórias pingavam literalmente. Tinha gente que tinha o que contar, mas falava de forma tão atrapalhada que a narrativa perdia o sentido. Então, eu anotava tudo e depois mostrava ao indivíduo como ele tinha contado a história.

— Bem, então, a abelha fabricava mel, depois ela pegava o pólen da flor, depois ela nasceu do ovo de uma abelha-rainha, é isso? — eu perguntava, fingindo confusão.

— Não, professora — respondia o menino todo atrapalhado.

— Mas, Marquinhos, foi assim que você falou. Pensa com mais calma e vamos colocar esta história na ordem certa para ela ficar mais legal? — eu sugeria.

A turma ajudava, a história saía.

As histórias organizadas em conjunto foram fazendo com que eles prestassem mais atenção ao que era escrito, contado. Foram entendendo o valor da pontuação, lendo melhor, interpretando com lógica, argumentando, refletindo sobre o que falavam e avaliando a própria escrita.

Liam uma reportagem e eram capazes de falar sobre ela. Ouviam uma entrevista no rádio e podiam contar sobre o que se falou.

— Essa professora não gosta de dar aula, né? Fica mandando as crianças pedirem para a gente contar histórias. Quem tem tempo para isso? — diziam uns.

— Não vejo esses meninos decorando preposições, nem conjugando os tempos verbais. Quero só ver como vai ser isso — diziam outros.

— Essa professora é ótima.

Meu filho está lendo muito melhor e até pedindo livros em casa — falavam alguns.

As opiniões dividiam-se e isso já era bom, porque, quando ninguém questiona o que você faz, tem alguma coisa fora do lugar; talvez a capacidade crítica das pessoas, porque já não sabem mais o que consideram bom ou ruim, apenas fazem ou deixam de fazer porque fulano concorda ou discorda.

Nesse período, contava entre meus alunos com dois de quem quero falar particularmente: Vanessa e Henrique.

Henrique era aquele tipo de aluno que sempre tinha muitas histórias para contar. Os pais eram analfabetos, só conseguindo ler as embalagens do supermercado. Gostavam muito de contar histórias, apesar disso, e queriam que o filho soubesse exatamente de onde tinham vindo.

— Minha família é misturada de negro com índio. Meu pai falou que meu bisavô era de uma tribo aqui mesmo de São Gonçalo e que ele foi chamado para trabalhar numa fazenda da região. Foi assim que ele conheceu minha bisavó — contava o menino.

E não faltavam histórias no repertório dele, algumas autênticas, outras inventadas, mas ele sempre separava bem umas das outras e usava as segundas mais para as redações que eu pedia.

— Tia, quando você não precisar mais desses papéis impressos, pode me dar? — pedia ele.

— Para que você quer isso, meu filho? — perguntava Rosana, a secretária da escola.

— É que eu gosto de escrever e meus pais não têm dinheiro para ficarem comprando papel, então eu uso a parte de trás dessas folhas — ele explicava.

Rosana dava as folhas com boa vontade.

Já a Vanessa... bem, ela repetia frases que ouvia na televisão, criava histórias parecidas com as da televisão e quase não sabia nada da própria família.

— Meus pais estão sempre trabalhando, professora. Não converso com eles, não — ela alegava quando eu perguntava o que sabia sobre sua família.

— Nos fins de semana, minha mãe vai ao salão porque no trabalho dela ela precisa andar muito bem arrumada. Depois, vamos à casa da minha avó, mas lá também não conversamos muito. Meus pais conversam com meus avós, mas fico sempre longe e na hora do lanche, fico longe também porque eles me colocam na sala, vendo televisão enquanto lancho — explicava a menina.

Até para inventar histórias ela passava por dificuldades.

Melhorou em leitura, não resta dúvida, porém não tinha quem lesse para ela, não tinha para quem mostrar seu progresso.

Henrique pegava livros na biblioteca, então reorganizada por mim e alguns colegas, entre outras coisas para ler para os pais que lhe pediam que contasse histórias para eles e que diziam o quanto era importante que ele soubesse ler e interpretar bem.

Vanessa pegava livros na biblioteca para ficar bem quietinha.

— Vamos contar a nossa história no jornal da comunidade? — sugeriu Henrique, um dia.

A ideia dele era que eles escrevessem um texto contando como tinham passado a gostar de ler e escrever depois de tudo o que eu tinha feito, e deixei claro para eles que eu, como professora, só tinha feito as propostas. Nada teria acontecido se eles não tivessem aceitado a ideia. Eu cedia um espaço da aula para eles fazerem o texto, inventei de levar pipoca no primeiro dia de encontro e nos outros eles mesmos foram levando coisas. Eles se encontravam no recreio, na biblioteca, em qualquer espaço da escola fora do horário. Fora a biblioteca, todos os outros espaços usados para os encontros recebiam também os lanches que ficavam cada vez maiores.

Tinha gente que não colaborava com a história, mas não faltava ao lanche. Alguns colegas, mais colaborativos, cediam também parte do horário.

O texto saiu e confesso que fiquei emocionada com a forma elogiosa e grata que eles utilizaram para referir-se ao meu trabalho. A gente nunca tem noção do alcance que têm as coisas que faz em sala de aula e isso serve para as boas e as ruins. Também não temos noção do alcance prejudicial que pode ter uma palavra atravessada, humilhante sobre um aluno. E com isso não quero dizer que não devamos ser firmes quando isso for necessário. Por vezes, essa firmeza, esse tirar de ponto pode ser o maior crédito de confiança que lhe damos. É como se disséssemos: sei que você pode fazer melhor do que isso e aposto em que vai conseguir. Por isso não vou aceitar essa resposta muito abaixo do que você pode me apresentar.

— O nome da nossa matéria pode ser "O Sabor da Palavra", em homenagem aos nossos lanches, principalmente à pipoca da professora Beth — lembrou Laís, uma das alunas.

A sugestão foi aprovada por aclamação e a pipoca, inclusive, embalou muitos outros momentos da turma. Com leite condensado, com queijo, de qualquer jeito ela aparecia em muitos momentos importantes.

Eu era boa em colocar limites e pus nisso também, deixando claro para eles que só fazia sentido eu ou qualquer um levar lanche se fôssemos produzir alguma coisa.

— É claro que a gente pode trazer a pipoca só para se distrair, gente, mas aí não pode ser sempre, né? — falei, fazendo-os pensar.

AS coisas se organizaram e a produção ainda melhorou.

Uma das coisas que aprendi com a vida é que, ao contrário do que eles mesmos pensam, os alunos gostam de limites, de que lhes chamem a atenção, de ser cobrados, com medida, é claro. Lembro-me de, certa vez, ter dito a um aluno:

— Bernardo, eu estou preparando você para um dia prestar o ENEM, para fazer relatórios para seu chefe... não dá para aceitar esta escrita. Você pode fazer melhor do que isso.

A resposta dele foram duas lágrimas no canto do olho.

— Professora, os professores até comentam o que está errado. Mas sempre dizem que o importante é que me esforcei, é que eles entenderam o que eu quis dizer. Nunca falaram comigo nessas coisas de futuro. Acho que eles não acreditam que eu chegue ao ENEM ou a ter um trabalho onde eu precise fazer relatório para meu chefe. É importante também que os outros entendam o que a gente quer dizer, não é, professora? — fez ele, confiando em mim de uma forma que me deu até medo.

Disse que sim, que era e que sim eu confiava muito nele.

O resultado de tudo isso foi que o texto da turma foi publicado no jornal da comunidade, chegou a um jornalista de jornal maior que o reproduziu, deu ânimo a professores de outras escolas, fez o jornal comunitário criar uma coluna só para receber os textos de alunos das escolas públicas locais (esta sugestão foi do Henrique e eles compraram, mantendo o nome sugerido pela Laís agora na coluna).

A Vanessa nunca escrevia porque não se sentia encorajada, não tinha assunto e os pais sequer tinham dado importância à publicação do texto coletivo.

— Gente, o jornal devia publicar coisas para incentivar os alunos a escreverem melhor e não os textos deles, onde os erros serão reforçados — eles diziam.

Ela não sabia contar histórias porque nunca tinha ninguém para ouvi-la e porque ninguém contava nada para ela.

Outra lição da vida: censure tudo o que seu filho, seu neto, seu sobrinho fala e você terá conseguido fazer com que ele não se acredite capaz de contar coisa alguma. Faça-o ler para "ficar quietinho" e você o fará detestar livros.

A turma seguiu. Alguns se evadiram da escola assim que terminaram o Fundamental II, mas ainda os encontro por aí. Trabalham, levam a vida que podem e gostam de ler, conhecer as leis, estudar sobre a religião que abraçam. São pessoas que acham importante refletir em qualquer área em que atuem.

Outros fizeram o Ensino Médio Profissionalizante e seguiram, ou pararam ali mesmo. São, contudo, capazes de fazer relatórios sobe suas atividades, entendem os documentos que recebem e têm até quem discuta com o patrão porque entendeu muito bem o que estava nas entrelinhas de alguma regra, aparentemente colocada para favorecê-los, mas que, no fim, só beneficiava ao próprio patrão, extirpando-lhes direitos já garantidos na Constituição.

Henrique decidiu ser professor de Língua Portuguesa para, segundo ele, motivar seus alunos como foi motivado.

— Digam o que disserem, é o professor quem faz o mundo progredir e por isso ele incomoda os que querem vê-lo estacionar — ele diz.

Vanessa estuda para ser veterinária. Sem diálogo em casa, ela encontrou nos animais grandes amigos. Isso não seria, aliás não é, um problema, apenas seria muito melhor se ela pudesse contar com todos, animais e homens, afinal estes últimos são os que têm o poder da palavra. Até hoje, ela tem dificuldade com os relatórios que precisa fazer.

Ah, quanto ao Bernardo, está estudando Direito e quer atuar com leis trabalhistas. Como escreve bem!

Talvez um dos maiores aprendizados que eu tenha feito em minha vida profissional é que a palavra deve ser saboreada, degustada por todos nós, seja escrita ou falada. A escola não pode ser o único espaço em que ela seja importante. Só com ela conseguimos a plena comunicação e apenas o ser humano pode usá-la, assim vamos trazê-la cada vez mais para nossa vida, usando-a bem, com propriedade, fazendo dela um instrumento de amor, informação, construção e reforço de relacionamentos, progresso, paz, felicidade.

Saboreie a palavra que você lê, a que você escreve, a que você fala, permitindo que o outro também saboreie suas palavras, para que elas sejam instrumento de ânimo, compreensão e uma série de coisas boas. Somos o único animal que pode valer-se dela, portanto vamos usar, antes que acabe, ou para nunca permitir que isso aconteça.

FIM